Nicole Boumaâza

Fremd zwischen zwei Welten

Nicole Boumaâza

Fremd zwischen zwei Welten

Urachhaus

Aus dem Niederländischen von Jeanne Oidtmann-van Beek und Peter Oidtmann

Titel der niederländischen Originalausgabe:
Aan de andere kant van het water

Die Übersetzung wurde vom Ministerie van de Vlaamse Gemeenschap finanziell gefördert.

ISBN 3-8251-7131-0

Nach den Richtlinien der neuen Rechtschreibung

Erschienen 1997 im Verlag Urachhaus

Einband: Anette Stickel unter Verwendung eines Bildes von Marijke Meersman, Temse (Belgien)
Gesamtherstellung: Clausen & Bosse, Leck

Inhalt

Der Brief

An einem regnerischen Freitagnachmittag schälte ich Kartoffeln in der Küche. Es war der sechste März 1992. Ich erinnere mich so genau an dieses Datum, weil sich die Stimmung in unserem Haus an diesem Tag schlagartig veränderte. Vorher hatte es auch Spannungen gegeben, aber mehr oder weniger unterschwellig, weil jeder von uns so tat, als wäre alles in bester Ordnung.

Ich hatte eine Stinklaune, weil ich die ganze Arbeit mit dem Abendessen am Hals hatte, was regelmäßig der Fall war, seit Mama wieder arbeitete. Als einzige Tochter kam ich nicht darum herum. Mit meinem vierzehnjährigen Bruder Sam brauchte ich nicht zu rechnen, und mit dem siebenjährigen Benny noch weniger. Von Papa ganz zu schweigen.

Mein Vater ist Marokkaner. Das erklärt vielleicht seine Art, aber es soll keine Entschuldigung sein. Meine Mutter, mit Leib und Seele eine Belgierin, lässt sich nichts gefallen, und als sie sich erst einmal entschlossen hatte, wieder zu arbeiten, setzte sie ihren Entschluß sehr energisch in die Tat um. Von da an war der Teufel los. Mein Vater führte sich wochenlang wie ein Besessener auf, die Jungen mussten allein zurechtkommen, und mir wurden alle möglichen lästigen Jobs aufgehalst. Mit dem bequemen Leben war es aus und vorbei.

Wütend stach ich mit dem Messer in eine Kartoffel und warf sie mit einem Platsch in die Schüssel mit Wasser, so dass es ordentlich spritzte. Ich hatte große Lust loszuheulen, aber damit würde sich nichts ändern. Wenn ich richtig wütend oder traurig bin, hilft es mir viel mehr, wenn ich mit Dingen um mich werfe oder frech werde.

Als ich die Kartoffeln aufgestellt hatte und das Fleisch in Angriff nehmen wollte, hörte ich meinen Vater die Treppe herunterkommen. Er hatte den ganzen Nachmittag oben im großen Wohnzimmer geschlafen, als hätte er nichts Besseres zu tun. Arbeit suchen zum Beispiel, damit Mama zu Hause bleiben konnte und alles wieder einigermaßen erträglich würde. Ich war stocksauer auf ihn und streckte ihm heimlich die Zunge heraus. Dann stand er in der Türöffnung und beobachtete mich, jederzeit bereit, mich bei einem Fehler zu ertappen. Papa gefiel es nämlich, uns zurechtzustauchen.

Gegenüber Außenstehenden benahm er sich immer wie ein ahnungsloser, armer Schlucker, dem geholfen werden musste. Aber zu Hause war er keineswegs so. Uns gegenüber verlor er leicht die Beherrschung, und oft schlug er uns, wenn ihm mal wieder alles zu viel wurde. Wir konnten uns kaum wehren. Von klein auf hatten wir gelernt, ihm zu gehorchen, denn das war das große Vorrecht des marokkanischen Mannes: Frau und Kinder mussten ihm absolut und bedingungslos gehorchen.

Mama nahm unsere Proteste recht gelassen auf. »Lasst ihn nur«, sagte sie meistens beschwichtigend, während sie uns verschwörerisch zulächelte. Daraufhin zuckten wir mit den Schultern und bemühten uns, Papa so gut es ging aus dem Weg zu gehen.

Urplötzlich konnte er sich aber auch von einer ganz anderen Seite zeigen. Dann war er freundlich und geduldig, schmuste mit uns und erzählte Geschichten. Manchmal kaufte er sogar Spielsachen für Benny. Aber wir trauten dem Frieden nie. Seine Stimmung konnte von einem Moment zum anderen umschlagen.

»Hast du Tee, Nadia?«

Obwohl ich ihn bereits gesehen hatte, erschreckte mich seine Stimme.

»Tee? Willst du jetzt Tee?«

»Ja.«

Ich wollte sagen, dass das Essen fast fertig sei, aber er hatte sich schon umgedreht und verschwand nach nebenan ins Wohnzimmer.

Missmutig sah ich mir das Chaos in der Küche an. Überall flogen Kartoffelschalen herum, das Päckchen mit Fleisch lag zwischen dem dreckigen Geschirr. Am liebsten würde ich davonrennen, aber dazu war ich zu gut erzogen. Brav füllte ich den Wasserkessel und stellte ihn auf den Herd. Brav nahm ich ein Teeglas und richtete einen Teller mit Keksen. Wenn mein Vater Tee wünschte, bekam er auch Tee. Danach würde er ausgehen. Und wenn er gegen acht wieder nach Hause kam, mussten wir das Essen aufwärmen, weil er Hunger hatte. So ging es jeden Tag.

Mama mag marokkanisches Essen nicht besonders, hin und wieder schon, aber nicht jeden Tag. Seit Jahren kochen wir also abwechselnd: mal belgisch, mal marokkanisch, ab und zu italienisch oder chinesisch. Heute war die belgische Küche dran. Ich hatte eine Büchse Erbsen aus dem Keller geholt und wollte Steaks mit Kartoffelbrei machen. Mein Vater würde das aufgewärmte Essen nicht besonders schätzen, das wusste ich im voraus. Aber er hatte keine Wahl, weil ich keine Lust hatte, für ihn zusätzlich noch etwas anderes zu kochen, so wie Mama es manchmal tat. Und um acht Uhr, wenn er heimkam, würde Mama zum Glück wieder zu Hause sein.

Schnell räumte ich die Küche auf.

Als ich das Tablett mit dem Tee ins Wohnzimmer brachte, fiel mir auf, dass Papa ziemlich blass aussah, als wäre ihm nicht wohl. Er las den Brief, der heute mit der Post gekommen war. Es war ein offizielles Schreiben, an ihn adressiert, und ich hatte es ungeöffnet auf den Wohnzimmertisch gelegt. Obwohl Vater nie Niederländisch sprach, konnte er es gut lesen. Seinem Blick nach war es keine gute Nachricht.

Bestimmt wieder eine Rechnung, dachte ich, bevor er wutentbrannt aufstand und mit der Hand die Vase vom Tisch schlug.

»Das ist ja die Höhe!« brüllte er außer sich vor Wut.

Seine Stimme machte mir Angst. Ich traute mich nicht, etwas zu fragen. Seine Augen sprühten Feuer, und mit einem wilden Blick sah er mir plötzlich so durchdringend in die Augen, dass ich vor Schreck zusammenzuckte.

»Weißt du, was deine Mutter jetzt vor hat?« fragte er nach einem Schweigen, das mir wie eine Ewigkeit vorkam.

Ich schüttelte heftig den Kopf.

»Sie will sich scheiden lassen.«

Mama hatte zwar schon mal von Scheidung gesprochen, aber ich hatte sie nie ernst genommen.

»Sie will sich scheiden lassen! Nach sechzehn Jahren! Nachdem sie mich völlig ausgesogen hat. Jetzt will sie mich loswerden. Und der Anwalt schreibt, dass ihr aller Voraussicht nach ihr zugewiesen werdet, alle drei, und bittet um eine gütliche Einigung. Sonst gibt es einen Gerichtstermin. Wie kann sie mir so etwas antun?«

Er ließ sich in den Sessel fallen und blieb regungslos sitzen. Plötzlich bekam ich großes Mitleid mit ihm. Im ersten Moment hatte ich nur an mich gedacht und an die Erleichterung, nicht dauernd einen meckernden Vater ertragen zu müssen, der mit seinen religiösen Tabus unsere Familie kaputt machte. Keine Liebesfilme im Fernsehen, keine ausgelassenen Spiele, keine Freunde oder Freundinnen im Haus, keine kurzen Kleider ... Wir mussten nach seinen Prinzipien leben, als hätten wir kein Recht auf ein eigenes Leben.

Aber jetzt, als ich sah, wie sehr er litt, hasste ich Mama fast, weil sie hinter seinem Rücken zum Anwalt gegangen war. Hätte sie nicht mit ihm darüber sprechen können? Natürlich würde der Richter uns ihr zuweisen. Eine andere Lösung wäre ausgeschlossen. Papa war seit acht Jahren arbeitslos, und seit September bekam er keine Arbeitslosenunterstützung mehr. Als er völlig ratlos Sozialhilfe beantragen wollte, war Mama fuchsteufelswild geworden. »Wir brauchen nicht zu betteln«, hatte sie gesagt. »Mit meiner Ausbildung bin ich durchaus fähig, den Lebensunterhalt für die Kinder zu verdienen. Und für dich dazu!«

Es hatte sehr scharf geklungen, und wir waren ziemlich betroffen gewesen, weil Mama meistens die Freundlichkeit in Person war. Ich hatte noch nie erlebt, dass sie jemanden absichtlich verletzte, im Gegenteil, sie würde lieber selbst auf etwas verzichten, wenn sie anderen eine Freude machen konnte. Jahrelang hatte sie Papas ausgefallene Wünsche hingenommen, ihn getröstet, wenn er es schwer hatte, und ihm zugestimmt, wenn er unbedingt etwas durchsetzen wollte. Plötzlich jedoch zog sie andere Saiten auf.

Mama hatte sich durchgesetzt. Jetzt arbeitete sie in einem Reisebüro und verdiente mehr, als Papa als Hilfsarbeiter ohne Ausbildung jemals hätte verdienen können. Er schien plötzlich überflüssig geworden zu sein.

Zögernd hob ich die Scherben auf und verzog mich in die Küche, um sein graues Gesicht nicht länger sehen zu müssen.

Kurze Zeit später schlug die Haustür zu. Papa war gegangen. Mir stiegen die Tränen in die Augen, und ich schluchzte los. Ich hatte ein Gefühl, als ob mir das Herz brechen würde.

So saß ich da, als mein Bruder Sam nach Hause kam.

Zwischen meinem Bruder und mir herrschte eine Art Hass-Liebe. Wenn wir Unsinn im Kopf hatten, taten wir uns zusammen, oder auch um uns gegen Papa zu wehren. Auch gegen die Außenwelt bildeten wir eine starke Front. Aber oft war Sam überhaupt nicht nett zu mir. Ihm wurde von klein auf eingetrichtert, dass ein Junge überlegen ist, dass er alles darf, sogar Frauen und Mädchen wie Dreck behandeln. Er kann mich kränken und piesacken, bis ich nicht mehr weiter weiß. Und weil Mutter mir beigebracht hat, dass Frauen mindestens genauso viel wert sind wie Männer, enden die Auseinandersetzungen mit Sam meistens im Streit. Papa gibt mir nie recht, und solange er da ist, reiße ich mich zusammen, doch später lege ich mich meistens mit meinem Bruder an. Mama hält sich aus unserem Gezanke heraus. Sie ist der Meinung, dass wir unsere Probleme selbst lösen sollten. Vor ihr hat er Respekt, seit sie ihm einmal, das ist schon Jahre her, eine heftige Ohrfeige gegeben hatte, als er versuchte, sie zur Rede zu stellen.

Als Sam mich weinen sah, war er völlig verwirrt.

»Was ist los, Nadia?« fragte er immer wieder, bis ich mich so weit beruhigt hatte, dass ich ihm von dem Brief erzählen konnte. Sam ging ins Wohnzimmer und kam mit dem Brief zurück.

»Tja«, sagte er nur, setzte sich auf einen Küchenstuhl und schaute mir beim Kochen zu.

Ich spürte einen Kloß im Hals. Mir war schlecht.

»Wo ist Benny?« fragt ich nach einer Weile, und diese Frage normalisierte alles irgendwie, weil wir uns immer Sorgen um Benny machten. Er ist erst sieben und hat Asthma. Außerdem ist Benny ein wildes Kind. Schon zweimal hat er sich den Arm gebrochen. Wir haben immer Angst, dass ihm etwas passiert. Der einzige, der Benny noch einigermaßen im Zaum halten kann, ist Sam, den er ungeheuer bewundert.

»Er fährt draußen mit dem Rad herum. Er hat versprochen, auf dem Gehweg zu bleiben«, antwortete Sam.

»Ja, solange du da bist. Jetzt wird er wohl auf der Straße herumrasen!«

Wir lachten. Was sollten wir sonst tun?

Als Mama um sechs nach Hause kam, stand das Essen auf dem Tisch, und alles verlief ziemlich normal.

Mama ist eine starke Frau. Wir mögen sie alle drei wahnsinnig gern. Sie ist nicht streng, aber sie kann sich durchsetzen. Ohne Schläge oder lautstarke Befehle gelingt es ihr, alles von uns zu bekommen.

Mama malt gern. Auf dem Dachboden hat sie ein schönes Atelier, in dem sie ihre Bilder aufbewahrt. Seltsame Szenen, die wir nicht verstehen. Farbexplosionen von Sonnenuntergängen und brennendem Stacheldraht. Wenn ihr Drang zu malen sie nach oben treibt, vergisst sie das Essen und den ganzen Haushalt. Manchmal schleichen wir uns heimlich hinterher, um ihr zuzusehen.

Nach einigen Tagen ist ihre Leidenschaft meist befriedigt, sie kommt dann wieder nach unten und ist wieder ganz normal unsere Mutter. Wir freuen uns dann sehr, sie wieder für uns zu haben.

Irgend jemand, der von Kunst Ahnung zu haben schien, hatte ihre Bilder einmal begeistert gelobt und ihr geraten, sie auszustellen. Sie hatte ihn daraufhin fast aus dem Haus geworfen.

»So ein Dummkopf«, hatte sie abfällig gesagt. »Der denkt wohl, dass man meine Seele kaufen kann.«

Das war ganz typisch für sie.

Als Mama also nach Hause kam, traf sie uns alle brav am Tisch an und setzte sich zu uns.

»Hast du deine Hausaufgaben gemacht, Sam?« fragte sie zwischen zwei Bissen, und im gleichen Atemzug erkundigte sie sich, ob Benny seine Medizin genommen hatte und lobte mein leckeres Essen.

Mamas Aufmerksamkeit ist überall gleichzeitig, und man bekommt immer den Eindruck, dass sie alles interessiert.

»Es ist ein Brief vom Anwalt gekommen«, ließ sich Sam nach einer Weile hören.

Mamas Augen wurden düster, aber sie lächelte weiterhin.

»So«, sagte sie lediglich.

Es war klar, dass sie jetzt nicht darüber sprechen wollte. Sie machte einen absolut entschlossenen Eindruck, und ich begriff, dass für Mitleid mit Papa in ihr kein Platz mehr war. Sechzehn Jahre war sie ihm treu gewesen, hatte alles mit ihm geteilt, aber nachdem sie sich einmal entschieden hatte, war jetzt Schluß.

Und dort im Wohnzimmer, damals am 6. März 1992, als wir zusammen mit ihr am Tisch saßen, verließ ich mich völlig auf sie.

Nadia Zerouali

Eigentlich heißt mein Bruder Samir, aber jeder nennt ihn Sam, und Benny heißt offiziell Benyounnes. Mein Name hört sich zum Glück nicht sehr arabisch an, vielleicht etwas exotisch, aber ich mag ihn.

In der Schule akzeptierten meine Freundinnen mich, obwohl mein Vater es mir nie erlaubte, mit ihnen auszugehen. Das gehörte sich nicht für ein Mädchen, fand er.

Gegen Vaters Willen besuchten wir alle drei eine katholische Schule.

Schon früh hatte ich gelernt, eine klare Grenze zwischen meinem Leben zu Hause und dem in der Schule zu ziehen. Wenn Vater nach Hause kam, konnte ich mich unmöglich so geben, wie ich wirklich war, bei meinen Freundinnen konnte ich das schon.

An diesem Montag war ich froh, zur Schule gehen zu können. Papa hatte seit Freitagabend den Mund nicht mehr aufgemacht. Traurig ging er im Zimmer auf und ab, traurig saß er im Sessel und starrte in Gedanken versunken vor sich hin. Mama überging er völlig.

Nachdem ich um die Ecke gebogen war, verdrängte ich meine Sorgen. Dann sah ich Vera. Ich winkte ausgelassen und rannte los, um sie einzuholen.

»Hast du gestern abend den Film gesehen?« fragte Vera begeistert.

»Welchen Film?«

»Den mit Belmondo.«

Ich schüttelte den Kopf. Mein Vater hatte den ganzen Abend eine politische Sendung angesehen und ich war früh ins Bett gegangen. Er fragte nie, ob wir lieber etwas anderes sehen würden. Und Belmondo spielte in Filmen, die in seinen Augen ziemlich verdächtig und deshalb nichts für Kinder waren.

Wild mit den Armen fuchtelnd und mit einem hochroten Gesicht erzählte Vera aufgeregt von dem Film. Ich hörte zwar zu, aber meine Gedanken waren irgendwo anders. Ich dachte daran, dass es noch Monate dauern könnte, bevor die Scheidung ausgesprochen wurde und dass wir unterdessen weiterleben müssten, als wäre alles normal.

»Puh, heute haben wir Niederländisch!« sagte Vera schließlich.

Ich nickte. Niederländisch hatten wir bei einer häßlichen alten Lehrerin, die fürchterlich streng war. Mich konnte sie überhaupt nicht ausstehen. Sie stellte mir immer die schwierigsten Fragen und benotete dann sehr streng. Lange hatte ich mich gegen den Gedanken gewehrt, dass dies etwas mit meiner Herkunft zu tun haben könnte, aber nachdem ich ihre Ungerechtigkeit immer häufiger zu spüren bekam, musste ich akzeptieren, dass es wohl wirklich so war. Auch in der Schule. Wenn man Nadia Zerouali heißt, wird man von Anfang an anders behandelt als Nadia Müller. Manche Lehrer geben sich Mühe, ihre Vorurteile zu verstecken und sind dann übertrieben nett oder haben Mitleid, was genauso schlimm ist.

Zum Glück bin ich ziemlich optimistisch und kann mich mit Humor darüber hinwegsetzen. Und die Mädchen waren sowieso auf meiner Seite. Wenn die jüngeren Schülerinnen mir auf dem Schulhof »Mohrenkopf« oder »Dreckspatz« nachriefen, kriegten sie es mit meinen Klassenkameradinnen zu tun. Das tat gut. Ich finde es schade, dass ich mit meinen langen schwarzen Haaren und dunklen Augen überhaupt nicht belgisch aussehe, dabei ähnle ich vom Charakter her eher meiner Mutter. Deshalb habe ich oft das Gefühl, zwischen den Stühlen zu sitzen. Aber ich versuche, das Beste daraus zu machen.

An diesem Tag konnte ich unmöglich aufpassen. Ständig hatte ich Papas finsteres Gesicht vor Augen, und mir fielen alle möglichen Ereignisse ein, die mich irgendwann einmal gerührt hatten. Zum Beispiel als Papa mir das teure Fahrrad schenkte, oder als ich ihn weinen sah, weil Benny einen Asthmaanfall hatte und in seinem Bett nach Luft schnappte. Vorigen Monat hatte er mir einmal plötzlich mehr Taschengeld gegeben, einfach so ...

Aber trotzdem konnte er völlig unberechenbar sein. Manchmal streichelte er uns, nahm uns in den Arm, und dann hagelte es urplötzlich Schläge.

»Nadia, komm mal vor an die Tafel.«

Da ging das verfluchte Theater wieder los! Gerade jetzt, bei dieser strengen Lehrerin, die nie ein Auge zudrückte, wenn ich mal was Falsches sagte.

Langsam las ich den aufgegeben Satz vor und fing an, ihn an der Tafel zu zergliedern. Zum Glück machte ich nur einen Fehler, und mir fiel ein Stein vom Herzen, als die Lehrerin mich ausnahmsweise lobte. Ich hatte ziemliche Schwierigkeiten, in der Schule mitzukommen, und passte so gut es ging auf, um keine Fehler zu machen. Ich musste immer ziemlich pauken, war aber noch nie sitzengeblieben.

In meiner Klasse gab es keine anderen Marokkanerinnen, weil sie meistens auf andere Schulen gingen. Ich war froh darüber. So war ich immerhin eine Ausnahme. Ich wollte nicht mit den vielen Gastarbeiterkindern, die auf der Straße herumlungerten und denen verächtlich nachgeschaut wurde, in einen Topf geworfen werden. Ich wollte Belgierin sein.

Der Tag war langweilig, bis auf einige lustige Augenblicke, als unser Klassenclown Anita der Zeichenlehrerin einen Streich spielte. Der armen Frau kamen fast die Tränen, während wir uns vor Lachen nicht mehr halten konnten. Mittags aß ich meine Brote in der Schulkantine, wie jeden Tag seit Mama arbeitete. Als es um vier Uhr klingelte, war ich nicht so erleichtert wie sonst. Mir graute es vor der Stimmung zu Hause, vor Papas Grobheiten, vor meinen Hausaufgaben und dem Kochen, vor dem traurigen Gesicht von Benny, der Mama vermisste, und vor Sams Aggressivität, weil er mit der ganzen Situation nicht zurechtkam. Ich würde zwischen meinen Brüdern vermitteln müssen, wenn sie sich wegen allem und nichts anschrien, würde Vater mit heißem Tee und Keksen verwöhnen müssen. Ich würde ...

Mir reichte es so langsam. Eine Weile redete ich an der Ecke noch mit Vera, doch dann musste ich nach Hause.

Es war noch niemand da. Vater war bestimmt ausgegangen, und Benny würde erst später mit Sam kommen.

Ich breitete meine Hefte und Bücher aus und fing gleich mit den Hausaufgaben an, weil ich wusste, dass ich später nicht mehr dazu kommen würde.Als meine Brüder kamen, machte ich Tee und half Benny mit den Matheaufgaben. Dann merkte ich, dass keine Butter und keine Milch mehr da waren. Vater kaufte immer Fleisch, Gemüse und Obst im marokkanischen Laden ein. Als Moslem bestand er darauf, rituell geschlachtetes Fleisch zu essen, und das bekommt man in belgischen Geschäften nur selten. Um die anderen Lebensmittel kümmerte Mama sich.

»Sam, holst du Milch und Butter?«

»Geh selbst. Ich hab noch einen ganzen Berg Hausaufgaben.«

Er verzog sich mit seinem Ranzen nach oben. Ich hätte heulen können. Jetzt musste ich auch noch einkaufen gehen ...

Wütend nahm ich etwas Geld aus der Schublade und lief zum Laden. Ich musste sehr lange warten, bis ich endlich dran war. Es war schon halb sechs, als ich wieder nach Hause kam und Benny bei einem heftigen Asthmaanfall antraf. Er keuchte und kriegte fast keine Luft.

Ich warf die Einkäufe auf den Boden, legte meinen Bruder auf das Sofa und schob ein Kissen unter seinen Kopf.

»Sam!« brüllte ich. Ich war wütend, weil er Bennys Husten nicht gehört hatte.

Wir hatten einen Inhalator im Haus, der das Schlimmste verhindern konnte, falls Benny zu ersticken drohte.

Es dauerte eine Ewigkeit, bis Sam die Treppe herunterkam. Ein Blick auf das blau angelaufene Gesicht seines Bruders reichte ihm jedoch, um wie ein Blitz zu verschwinden, wahrscheinlich zum Metzger an der Ecke, um den Arzt anzurufen.

Gerade in diesem Moment kam Papa herein.

Er sah die Einkäufe am Boden und den armen Benny, der völlig verkrampft auf dem Sofa lag, und fing an zu brüllen, als würde er durchdrehen.

»Ein Haufen Nichtsnutze seid ihr! Sieh doch, wie der Junge aussieht! Kannst du nicht besser aufpassen?«

Mir reichte es, und ich schnauzte zurück, während ich Bennys Stirn mit einem feuchten Tuch kühlte.

»Wo warst du denn, als er den Anfall bekam?«

»Wo ich war? Frag lieber, wo deine Mutter ist, verdammt nochmal.«

Wie eine Furie stand ich auf.

»Jetzt reicht's! Du machst eine blöde Bemerkung nach der anderen und stauchst uns zusammen. Das ist alles, was du kannst. Lass uns bitte in Ruhe, mehr verlangen wir doch gar nicht.«

Ich sah, dass er auf mich losgehen wollte, doch der Arzt, der gerade hereinkam, rettete mich vor seinen Schlägen. Bis jetzt hatte ich mich nie getraut, Vater zu widersprechen, auch nicht, wenn er ungerecht war.

Der Arzt kennt uns gut. Er weiß, wie gefährlich Bennys Asthma werden kann und kommt sofort, wenn wir ihn rufen, auch wenn er sehr beschäftigt ist. Er gab Benny eine Spritze und streichelte ihm über die zerzausten Locken.

»So, das haben wir wieder! Geht's, mein Junge?«

Mein kleiner Bruder erholte sich allmählich. Sein keuchender Atem wurde regelmäßiger, er machte die Augen auf und sah verwirrt um sich. Seine Anfälle konnten manchmal so heftig werden, dass er in seinem Ringen nach Luft nicht mehr mitbekommt, was um ihn herum passiert.

Vater rechnete mit dem Arzt ab und setzte sich dann ziemlich niedergeschlagen neben Benny. Er murmelte etwas von einer »Rabenmutter«, aber ich ging nicht darauf ein und fing in der Küche mit den Essensvorbereitungen an. Heute hatte ich gemerkt, dass ich gegen Vater ankommen konnte, wenn es sein musste.

Als Mama endlich kam, atmeten wir alle erleichtert auf. Mit ihr wurde alles wieder normaler. Während wir ihr den ganzen Vorfall ausführlich schilderten, hielt sie Benny liebevoll im Schoß, so dass er sein Asthma vergessen konnte. Dann fuhr sie Sam durch das Haar und lobte mich, weil ich so schnell reagiert hatte. Vater schlich sich wie ein geprügelter Hund aus dem Haus.

Natürlich war das Essen noch nicht fertig, und Mama half mir. Sie erzählte einige witzige Vorfälle aus dem Reisebüro, worüber wir alle laut lachen mussten. Es war plötzlich so gemütlich, dass die schlechte Stimmung wie weggeblasen war.

Die Reise nach Frankreich

Dann kamen die Osterferien. Mein Zeugnis war nicht besonders gut, und mein Vater schimpfte natürlich. Er war nie an unseren Schularbeiten interessiert, aber wenn wir schlechte Noten hatten, geriet er außer sich. In seinem Land vergeudeten die Mädchen ihre Zeit nicht in der Schule. Noch sehr jung lernten sie, den Haushalt zu führen, und wenn ich sowieso nur schlechte Noten hatte, sah er keinen Sinn darin, teure Schulbücher zu kaufen und viel Geld für Papier und anderen Kram auszugeben ...

Stundenlang meckerte er, bis ich ihn fast anschrie, dass er schuld daran war, dass meine Noten so schlecht waren, weil ich mich in letzter Zeit dauernd um den Haushalt kümmern musste und dass er diese Bemerkungen gefälligst unterlassen sollte. Seine grimmige Miene warnte mich, besser nicht weiterzureden. Mit Mama hatte er sich so weit versöhnt, dass er wieder mit ihr sprach, wenn auch nicht so freundlich wie früher. Die Stimmung zu Haus war also auszuhalten.Vom Anwalt hörten wir nichts mehr, und wir vermuteten, dass sich die Scheidung hinauszögerte. Wir alle waren mehr oder weniger erleichtert. Auch Mama machte nicht den Eindruck, unter den Spannungen zu leiden. Sie kam und ging und war immer gutgelaunt.

Auf die Osterferien konnte ich mich nicht wie sonst freuen. Die meiste Zeit würde ich wohl in der Küche verbringen, außerdem musste das ganze Haus gründlich geputzt werden. Vaters Vorschlag, mit uns Kindern zu seinem Vetter in Lille zu fahren, kam daher sehr überraschend.

Sogar Mama war von dieser Idee begeistert, weil wir dadurch endlich mal rauskommen würden.

»Aber paß gut auf Benyounnes auf, ja, Mohammed?« sagte sie lediglich besorgt.

Papa warf ihr einen freundlichen Blick zu, einen Blick, der viel liebevoller war als während der letzten Wochen. Siehst du, dachte ich, vielleicht wird alles wieder gut. Und ich fühlte mich unendlich erleichtert.

»Ach«, antwortete Papa gelassen. »Der Arzt hat doch gesagt, dass jetzt alles in Ordnung ist.«

Letzte Woche war Benny nämlich gründlich untersucht worden. Er hüpfte und tanzte vor Freude, als er von der Frankreichreise erfuhr. Ich freute mich über seine Begeisterung und blinzelte Mama zu: »Ich werde auf ihn aufpassen.«

Sie hatte keine Bedenken mehr, packte Kleider und Handtücher ein und backte Kekse für die Zugfahrt.

Vaters Vetter in Lille ist einer seiner vielen Verwandten, die über ganz Europa verstreut sind. Er hat eine Frau und vier Kinder und wohnt in einer kleinen Wohnung in einem ärmlichen, dichtbesiedelten Stadtviertel. Ich hatte nur gute Erinnerungen an unsere früheren Besuche. Eine seiner Töchter ist so alt wie ich und tut fast alles, wozu sie Lust hat. Letztes Mal waren wir beide sogar im Kino, ohne dass einer es bemerkte. Für mich war das eine tolle Abwechslung.

An dem Sonntag, an dem wir abreisten, verabschiedeten wir uns hastig von Mama und eilten zum Bahnhof, um den Zug um halb neun zu kriegen. Wenn es uns in Frankreich gefallen würde, wollten wir zwei Wochen bleiben. Sonst würden wir früher zurückkommen. Papa war gut gelaunt. Er machte Witze und kaufte uns Brötchen und Limonade.

Es war lange her, dass ich ihn so entspannt erlebt hatte. Es erinnerte mich an früher, als ich noch klein war und seine Hand nahm, um ihn zu dem Laden mit Süßigkeiten zu lotsen. Als ich noch unbeschwert nach einem Eis fragte und es sogar bekam. Wann wohl hatte sich unsere Beziehung verändert? Als ich größer wurde und anfing wie eine Frau auszusehen? Oder seit Mama sich nicht mehr alles gefallen ließ? Hatte mein Vater sich verändert, oder ich mich? Und wenn er sich verändert hatte, warum denn bloß? Manchmal hörte ich ihn über dieses Land, das ihn gefangen hielt, schimpfen: über das schlechte Wetter und über die lockere Moral. »Warum gehst du nicht zurück?« hatte Mama einmal gefragt, als er traurig vor sich hinstarrte, aber er hatte nicht geantwortet.

An diesem Sonntag, wahrscheinlich weil ich so gut gelaunt war, begriff ich plötzlich, was mit Vater los war. Er sah uns erwachsen werden und hatte Angst, dass wir uns von ihm und seiner Kultur abwenden würden. Vielleicht war er deshalb so streng.

»Lille.«

Wir quetschten uns zum Ausgang und warteten auf die Straßenbahn. Alles war fürchterlich aufregend. Busse und Autos rasten vorbei. Benny sah mit strahlenden Augen um sich, doch in der Straßenbahn schlief er übermüdet in meinen Armen ein.

Bei Onkel Hamid wurden wir mit offenen Armen empfangen. Ich quasselte ununterbrochen mit meiner Cousine und schielte zu meinem achtzehnjährigen Cousin herüber, der wahnsinnig gut aussah.

Papa unterhielt sich den ganzen Abend mit den Männern über die gute alte Zeit, und als ich endlich einschlief, hörte ich ihre brummenden Stimmen immer noch.

Am nächsten Morgen half ich meiner Tante beim Bettenmachen und Aufräumen. Wir hatten uns viel zu erzählen und kamen nur langsam voran. Pausenlos behielt ich Benny im Auge, der im Wohnzimmer mit Autos spielte. Mein Vater war schon früh mit Hamid in die Stadt gegangen, und Sam hörte in einem der Zimmer laute Rockmusik.

Ich weiß das alles noch so genau, weil ich später oft an die sorglose Stimmung an diesem Vormittag zurückdachte.

Als wir schon längst gegessen hatten und uns fragten, wo denn die Männer blieben, kam Papa endlich zurück. Sein Gesicht strahlte, und in seiner Hand hielt er ein Bündel Geldscheine.

Zuerst konnte ich meinen Augen nicht trauen. Woher hatte er das Geld? Benny sprang hoch und versuchte, ihm die Scheine abzunehmen.

»Gewonnen!« rief Papa mit sich überschlagender Stimme. »Gewonnen, beim Pferderennen!«

Das war eine tolle Nachricht. Wir freuten uns und waren so aufgeregt, dass wir nicht länger darüber nachdachten. Später, als ich die Ereignisse etwas ordnete, wusste ich, wie naiv wir damals waren. Es war doch absurd, so viel Geld beim Pferderennen zu gewinnen. Außerdem erlaubte Papas Religion so etwas gar nicht.

Aber wir jubelten vor Freude, umarmten ihn und machten große Pläne, was wir alles mit dem Geld machen könnten.

»Wisst ihr, was wir tun werden?« fragte Papa plötzlich mit einem verschmitzten Blick, so dass wir ihn mit offenen Mündern anstarrten. »Wir könnten doch nach Marokko fliegen, oder? Morgen geht ein Flugzeug. Und nächste Woche fliegen wir wieder zurück!«

Das war eine großartige Idee. Mein Herz fing heftig an zu klopfen, und mir flitzten Bilder von diesem Land durch den Kopf. Dreimal waren wir mit der ganzen Familie dort gewesen, und ich erinnerte mich vor allem an die Gastfreundlichkeit unserer Verwandten, ihre Herzlichkeit, und dann an die Wärme, die Sonne und das herrliche Nichtstun!

»Oh ja, Papa, das machen wir! Und wir nehmen Mama mit!« rief Sam heiser vor Aufregung.

Papas Gesicht verdüsterte sich.

»Das ist nicht so einfach!« sagte er kühl. »Mama arbeitet ja und kann nicht einfach eine Woche weggehen. Aber wir könnten warten, bis sie Urlaub bekommt und …«

Wir quengelten so lange, bis er versprach, Mama anzurufen.

»Ich kann es mal im Büro versuchen«, gab er nach und seufzte. »Wenn wir Glück haben, bekommt sie jetzt schon einige Tage Urlaub.«

Diese Vorstellung stimmte uns glücklich. Nachdem er zum Postamt gegangen war, machten wir die wildesten Pläne. Besonders Sam, denn er hatte viele Freunde in Marokko.

Eine halbe Stunde später kam Papa strahlend zurück. Wir dachten, dass er Mama hatte überreden können mitzukommen.

»Ihr habt wirklich eine fabelhafte Mutter! Als sie von dem Geld und von eurer Begeisterung hörte, hat sie vorgeschlagen, dass ich allein mit euch fahren soll. Leider kann sie selbst nicht weg, aber sie würde es uns ganz schön übel nehmen, wenn wir diese Gelegenheit nicht wahrnehmen.«

Diese Nachricht dämpfte unserer Vorfreude, denn ohne Mama würde es lange nicht so schön werden.

»Ich habe also vier Tickets für den Flug nach Oujda besorgt. Wir fliegen morgen vormittag um halb elf. Die Reise dauert nur zwei Stunden, aber das wisst ihr ja noch vom letzten Mal«, sagte Vater. Und somit war unsere Marokko-Reise eine beschlossene Sache.

Wir warfen alle Bedenken wegen Mamas Abwesenheit über Bord und sahen unserem unerwarteten Abenteuer gespannt entgegen.

Am nächsten Morgen machten wir schnell einige Einkäufe, da wir keine Sommerkleider hatten, und Geld gab es ja genug. Bis heute weiß ich nicht, woher Papa es hatte. Wahrscheinlich geliehen.

Die Reise verlief ziemlich chaotisch. Im Flugzeug wippte Benny ruhelos in seinem Sitz auf und ab, ohne sich groß um Papas Ermahnungen zu kümmern.

Ich schaute die meiste Zeit aus dem Fenster. Natürlich war es schade, dass Mama nicht dabei war, aber trotzdem freute ich mich riesig. Besonders auf unsere Großmutter, die uns immer mit selbstgebackenen Keksen verwöhnte. Und auf die vielen Cousins und Cousinen, die große Augen machen würden, wenn wir plötzlich auftauchten. Papa hatte zwar ein Telegramm geschickt, aber alles ging zu schnell, um die ganze Familie zu verständigen.

»Nadia?« hörte ich Papa plötzlich flüstern und spürte seine Hand auf meinem Arm.

»Ja? Was ist?« fragte ich.

»Nichts, Kind, ich habe gedacht, dass du weinst.«

Sein besorgter Blick gab mir ein warmes Gefühl. Ich drückte seine Hand und lächelte ihm strahlend zu, um ihn zu beruhigen. In diesem Moment fand ich Papa großartig, obwohl er mich irgendwie seltsam ansah. Aber damals störte mich das nicht.

Das Flugzeug setzte zur Landung an. Wir schnallten die Gurte um und warteten mit zugekniffenen Augen auf den Ruck.

Einige Minuten später verließen wir das Flugzeug. Sofort entdeckte ich das braungebrannte Gesicht von Fouad, Papas Bruder, der uns von der Besucherterrasse aus wild zuwinkte.

Wir waren alle drei mit Namen und Bild in Vaters marokkanischem Paß eingetragen und gelangten deshalb problemlos durch die Kontrolle. Seit zwei Jahren jedoch hatten wir die belgische Nationalität, so dass wir eigentlich in Mamas Paß hätten aufgeführt sein müssen, allerdings hätten wir dann nicht so einfach nach Marokko einreisen können. Vater blinzelte uns zu, als wir sicher durch die Kontrolle waren, und wir zwinkerten zurück.

Wir wurden von Fouad und Omar, einem anderen Bruder von Papa, freudig empfangen, und alle hatten Tränen in den Augen, als wir uns umarmten.

Wir stiegen in ihren Kombi, und begleitet von marokkanischer Musik aus dem Autoradio fuhren wir los. Meine Augen hefteten sich auf den höllisch heißen Asphalt, der sich wie ein dunkler Streifen vor uns erstreckte. Links und rechts wechselten sich endlose bewachsene und kahle Felder ab. In regelmäßigen Reihen standen Bäume am Straßenrand, hier und dort tauchte ein kleines baufälliges Haus auf, ab und zu ein winziger Laden.

Durch das Fenster kam eine schwüle, nach Mist und Kräutern riechende Brise. Ich sog den Geruch, der so typisch für Marokko ist, in mich hinein. Einige Male überholten wir eine Schafherde oder einen Esel. Benny zeigte aufgeregt um sich. Er konnte sich kaum noch an etwas erinnern.

»*Gmara,* Esel«, sagte ich lachend.

Ich wusste, dass wir nach wenigen Tagen wieder fließend arabisch sprechen würden. Unser letzter Besuch lag vier Jahre zurück. Danach wollte Mama nicht mehr, weil Benny damals fast an einem schlimmen Asthmaanfall gestorben wäre. In diesem Land gebe es keine guten Krankenhäuser und nicht die richtigen Medikamente, behauptete sie.

Ich sah besorgt zu meinem kleinen Bruder, aber dieser schnatterte fröhlich darauflos, als hätte er noch nie einen Asthmaanfall gehabt.

Mir fiel auf, dass alles sehr grün war. Ich hatte alles viel gelber und dürrer in Erinnerung.

»Das kommt daher, dass es in diesem Jahr viel geregnet hat«, erklärte Onkel Fouad mit einem Funkeln in den Augen. »Die Regenschauer waren zum Teil so stark, dass es sogar einige Tote gegeben hat.«

Er hatte mir schon vorher Komplimente über mein Aussehen gemacht, und jedesmal, wenn er mich anschaute, wurde ich feuerrot. In seinen Augen war ich jetzt eine junge Frau, die reif zum Heiraten war.

Wir erreichten Zaio, und unter lautem Hupen fuhren wir durch die schmalen Straßen. Ich freute mich, die bekannten, niedrigen weißen Häuser zu sehen. Bald musste ein Lebensmittelladen kommen. Ja, da war er schon. Und dort unter den Arkaden stand der Mann mit den knusprigen gerösteten Erdnüssen. Es hatte sich überhaupt nichts verändert.

Als wir uns Großmutters Haus näherten, pochte mein Herz vor Aufregung. In diesem Moment fühlte ich mich, als käme ich wieder nach Hause.

Eine schockierende Überraschung

Während der ersten Tage verloren wir völlig das Gefühl für die Zeit. Mein Bruder Sam zeigte sich von seiner besten Seite und verbrachte die meiste Zeit mit seinen Freunden. Benny tobte sich im Innenhof bei den Hühnern und Kaninchen aus. Zu unserer großen Verwunderung hustete er kein bisschen.

Ich musste unsere Großmutter zu den Verwandten begleiten und genoß in vollen Zügen die Komplimente, die sie mir machten.

Papa sahen wir kaum. Wenn er in unserer Nähe war, benahm er sich etwas seltsam, aber ich war zu beschäftigt, um lange darüber nachzudenken. Er hockte dann meistens zusammen mit seinen Brüdern in einer Ecke und unterhielt sich flüsternd mit ihnen. Er hatte viele Brüder. Außer Fouad und Omar, die bei meiner Großmutter wohnten, lebten sie irgendwo im Inland oder in Europa. Großmutter hatte acht Söhne, die noch am Leben waren, und fünf Töchter, die alle verheiratet waren und bei den Familien ihrer Männer wohnten. So große Familien gibt es in Europa kaum noch. Während der ersten Tage besuchten wir nicht nur die verheirateten Brüder und Schwestern und ihre Familien, sondern auch Cousins und Cousinen und viele andere Verwandte. Als Großmutter anlässlich unseres Besuchs ein Fest gab, kamen hundertfünfzig Gäste.

Die Tage vergingen schnell. Am Sonntag fuhren wir zusammen ans Meer, das nur einige Kilometer entfernt war. Der Kombi musste dreimal hin und her fahren. Wir nahmen Töpfe, Geschirr, Fleisch, Gemüse, Obst und Tee mit. Und einen Gaskocher, auf dem Großmutter das Essen zubereitete. Sam und ich machten uns über diesen Aufwand lustig. Anstatt einen ruhigen Tag mit Brot und Ölsardinen aus der Büchse zu verbringen, wurde so ausführlich gekocht, als wären wir zu Hause.

Die Männer lagen faul auf ihren Decken herum, während die Frauen sich abrackerten.

Das Wetter war wunderbar. Über eine Stunde blieb ich im Wasser und dachte an meine Klassenkameraden, die sicherlich im kalten belgischen Regen zitterten. Ich schrieb ihnen Postkarten, um sie etwas neidisch zu machen.

Natürlich musste ich Großmutter jeden Tag in der Küche helfen, was ich gern tat, wenn auch nur, um zu zeigen, dass ich durchaus dazu fähig war. Als Mama noch zu Hause war, konnte ich das nicht besonders gut, aber jetzt hatte sich das ja geändert. Großmutter beobachtete mich mit großer Bewunderung und nickte den Tanten beifällig zu, um ihre Achtung zu zeigen.

Zaio ist eines kleines, armes Dorf in Nord-Marokko. Manche Häuser haben nicht einmal fließendes Wasser oder Strom. Großmutters Haus war aber ziemlich komfortabel. Im unteren Stockwerk befanden sich sechs Zimmer und im oberen fünf. Nach dem Tod ihres Mannes blieb *hanna* recht wohlhabend zurück. Die Söhne, die ausgewandert waren und im Ausland arbeiten, schickten ihr jeden Monat Geld, damit es ihr an nichts fehlte. Sie verfügte also über ein Becken, um das Geschirr zu spülen, und über Elektrizität, so dass sie abends fernsehen oder beim Licht einer anständigen Lampe lesen kann. Das Leben hier kann aber auch ganz anders sein, wie ich noch aus Erfahrung wusste, denn bei unserem letzten Besuch hatten wir kurze Zeit auf dem kleinen Bauernhof eines Onkels verbracht, wo wir jeden Wassertropfen aus einem weit abgelegenen Brunnen holen mussten. Ich war also dankbar, dass wir dieses Mal bei Großmutter bleiben würden.

Vater hatte uns gesagt, dass wir bis Donnerstag, den 16. April, bleiben würden, einige Tage nach Schulbeginn. Uns gefiel die Idee, noch hier zu sein, während unsere Klassenkameraden schon wieder in die Schule mussten. Aber an dem Montag vor unserer Abreise passierte etwas, das uns eigentlich sofort hätte stutzig machen sollen.

Als Sam wie immer nach dem Frühstück nach draußen wollte, war die Tür abgeschlossen.

»*Hanna*, Oma«, rief er ins Wohnzimmer. »*Hell el'bèb*, mach die Tür mal auf.«

Großmutter kam verdächtig langsam in den Flur und schüttelte den Kopf.

»Heute darfst du nicht raus, Samir«, sagte sie leicht gereizt.

Vom Zimmer aus, wo ich Musik hörte, sah ich, wie sich ihr Gesichtsausdruck völlig veränderte. Sie sah plötzlich sehr entschlossen aus, während sie uns sonst nie etwas abschlagen konnte. Ich stand auf und ging lächelnd auf meinen Bruder zu. Ich wusste, wie leicht er wütend werden konnte, und wollte einen Ausbruch verhindern.

»Was ist los, Sam?« fragte ich so ruhig wie möglich.

»Wir dürfen heute nicht nach draußen.«

Großmutter stand kopfschüttelnd da und schlug die Augen nieder, als ich sie ansah. Damals kam mir das Ganze noch recht harmlos vor, wie die Macke einer alten Frau. Also zog ich Sam mit mir ins Wohnzimmer und spielte ihm eine unserer Lieblingskassetten vor, damit er den Vorfall vergessen würde.

Benny kam zu uns gehüpft, spielte eine Weile mit einer Streichholzschachtel und wollte dann auch nach draußen.

»Sie ist abgeschlossen!« plärrte er und trat gegen die Tür. Er jammerte vor sich hin, bis es uns auf die Nerven ging.

»Bitte, Benny, hör auf!« rief Sam gereizt.

Beim Mittagessen fehlte Papa. Das war nicht besonders ungewöhnlich, aber als er nach dem Mittagsschlaf beim Tee immer noch nicht da war, fingen wir an zu fragen.

»Wo ist Papa, *amé*?«

Onkel Omar zuckte mit den Schultern und sah uns nicht an.

»Ist er nicht nach Hause gekommen?«

»Nein.«

Erst am Nachmittag, als wir noch immer nicht hinausdurften und jeder uns aus dem Weg zu gehen schien, kam uns das Ganze allmählich seltsam vor.

Am nächsten Morgen wollte Onkel Omar mit uns in die Hügel fahren. Sam hatte keine große Lust mitzukommen, da wir in zwei Tagen abfahren sollten, aber Omar überredete ihn, indem er sagte, dass Vater dort auf uns warten würde.

Nach einer Stunde erreichten wir den abgelegenen Hof einer entfernten Verwandten von Großmutter. Tante Batoul, die uns freudig begrüßte, war alt und runzlig. Ihr zahnloser Mund grinste uns entgegen. Trotz der Hitze trug sie dicke Kleider, und sie kam uns mit ihrem umwickelten Kopf vor wie ein Überbleibsel aus einer anderen Zeit. Zwischen ihren schmutzigen Falten versteckten sich blaue und schwarze Tätowierungen.

Das Haus, das eher ein überdachter Schuppen aus Kalkstein ohne Fenster und Türen war, stand einsam und verlassen zwischen den dürren Hügeln. Der Innenhof, von Disteln wie mit einem Zaun umgeben, war mit alten Autoreifen, verrostetem Eisen und kaputten Küchengeräten übersät.

Ein trostloser Ort, dachte ich, eine völlig vergessene Ecke. Außer herumlaufenden Ziegen und Hühnern gab es weit und breit keine Lebewesen. Unser Vater war auch nirgends zu sehen.

Plötzlich bekam Sam einen seiner berühmt-berüchtigten Wutanfälle. Er schrie wie der Teufel und verlangte, sofort nach Zaio zurückgebracht zu werden.

»Hier bleibe ich keine Sekunde länger!« brüllte er.

Onkel Omar wurde feuerrot; in unserer Familie musste man den Älteren gehorchen, ob man wollte oder nicht. Ich sah, dass sich seine Hand zu einer Faust ballte, und zog Sam schnell zu mir herüber.

»Hör auf, Sam!« flehte ich leise.

»Ich bleibe verdammt noch mal nicht hier. Ich will zurück!«

Tante Batoul brachte Tee und ein dunkles Fladenbrot. Ihr Mann, der genauso altertümlich aussah wie sie, stand nur da und sah uns an. Er trug einen Turban, einen langen, weiten, fahlblauen Mantel, einen *Burnus* mit Löchern und Flecken, und darunter den traditionellen Hosenrock, der bis über die Knie reichte. Er war barfuß.

»Onkel Omar wird uns später wieder zurückbringen, Sam!« bemühte ich mich, meinen Bruder zu beruhigen. »Stell dich doch nicht so an.«

»Das will ich ihm auch raten! Wir trinken das ekelhafte Zeug dieser alten Hexe nicht. Wir verschwinden aus diesem toten Loch. Papa ist sowieso nicht hier.«

»Sam!«

Ich bekam eine Gänsehaut. Zum Glück hatte er französisch gesprochen. Wie konnte Sam bloß so etwas Unhöfliches sagen! Wir hatten gelernt, dass jeder Mensch auf seine Weise lebt, und dass man das respektieren muß. Es war doch nicht zu viel verlangt, sich auf den Boden um den kleinen Tisch zu setzen und Tante Batoul die Freude zu machen, ihren heißen Tee zu trinken. Ich war richtig wütend auf Sam und drehte ihm den Rücken zu.

Wo war Benny bloß? Ich stellte mich in die niedrige Türöffnung und sah, dass er etwas weiter entfernt neben zwei kleinen Ziegen auf dem Boden hockte und den Tieren das Brot in seiner Hand zum Knabbern reichte. Sein Gesicht strahlte vor Freude. Ich lächelte. Benny schien diese primitive Umgebung nichts auszumachen.

Wir tranken Tee und bekamen zur Feier des Tages ein hartgekochtes Ei. Der Fußboden, auf dem wir im Schneidersitz auf Schafsfellen saßen, bestand aus festgetretener Erde. Im Zimmer stand lediglich ein uraltes Büfett mit schönen Gläsern, in einer Ecke lagen auf einem Bord handgewebte Decken, Schafsfelle und bunte Kopfkissen. Abends würde Tante Batoul die Felle und Decken zum Schlafen ausbreiten und morgens alles wieder ordentlich zusammenfalten. Ein Bett gab es nicht. Das Dach war aus dünnen Baumstämmen, dazwischen guckte hier und dort etwas Gras hervor.

Die Menschen in den Hügeln führen ein hartes, armes Leben, aber sie kennen es nicht anders. Für uns, die wir in Westeuropa aufgewachsen sind, ist diese Art zu leben nur schwer zu verstehen, und ich habe mich schon oft gefragt, ob die Menschen hier nie das Bedürfnis haben, sich aufzulehnen, um für bessere Lebensbedingungen zu kämpfen. Ich hatte Mitleid mit Tante Batoul, während ich meinen Tee trank.

Onkel Omar räusperte sich. Tante Batoul stand auf, hob den niedrigen Tisch wie ein Tablett auf und verließ das Zimmer, um das Geschirr in der kleinen Kammer neben dem Wohnzimmer zu spülen.

»Hör mal, Samir«, sagte Onkel Omar.

Wir spitzten die Ohren, weil seine Stimme so wichtig klang. Sogar Benny, der nie großes Interesse an den Gesprächen der Erwachsenen hatte, wartete mit offenem Mund ab.

»Ihr bleibt eine Weile hier.«

Zunächst begriffen wir nicht, was Onkel Omar meinte. Hier bleiben? In den Hügeln? Warum?

»Das hat euer Vater so beschlossen. Ihr bleibt hier, bis er eine andere Lösung gefunden hat. Er rechnet damit, dass ihr vernünftig seid und ihm gehorcht.«

»Aber was meinst du, Onkel Omar? Wo ist Vater?« fragte Sam vorsichtig, ohne eine Spur von Aggression.

Ich hatte es verstanden. Papa wollte, dass wir hierbleiben. Er hatte uns entführt, um uns von Mutter zu trennen.

Als mir die Wahrheit bewusst wurde, wurde mir schwindlig, und ich kann mich an die Minuten danach nicht mehr erinnern.

Sam spritzte mir Wasser ins Gesicht und tätschelte mir die Wangen.

»Nadia! Nadia! Schau mich an!«

Automatisch öffnete ich die Augen. Außer uns war niemand im Zimmer.

»Wo ist Benny?« fragte ich sofort.

»Draußen.«

»Was macht er?«

»Willst du wissen, ob er weint? Nein, er spielt mit den Ziegen. Er begreift noch nicht, was los ist. Aber Nadia, du verstehst es doch, oder?«

»Vater hat uns betrogen. Er hat uns entführt. Dass Mama das nicht geahnt hat, als er sie anrief, um ihr zu sagen, dass wir nach Marokko gehen würden! Sie durchschaut ihn doch sonst immer.«

Ich fühlte mich völlig schlapp.

»Er hat sie vermutlich gar nicht angerufen.«

»Meinst du wirklich?«

»Er hat alles vorher geplant, verstehst du das nicht? Er hat uns zuerst nach Lille gebracht, damit wir schon mal von zu Hause weg waren. Die Flugreise hatte er bestimmt lange im voraus gebucht, und Mama durfte nichts davon wissen, weil sie es sonst verhindert hätte. Wahrscheinlich denkt sie immer noch, dass wir in Frankreich sind.«

Ich erinnerte mich plötzlich an die Kinder einer belgischen Mutter, die in Algerien von ihrem Vater festgehalten wurden und erst durch Vermittlung der Behörden wieder freikamen.

»So wie mit den Kindern in Algerien?« fragte ich.

Sam nickte.

»Ja, du hast das doch auch in der Zeitung gelesen, oder? Dort war auch von Entführung die Rede. Es war ein Riesenskandal, weil eine Frau die Kinder mit gefälschten Papieren abgeholt hat. Die Regierungen der beiden Länder haben sich schließlich geeinigt und beschlossen, dass die Kinder in Belgien zur Schule gehen dürfen, die Ferien aber bei ihrem Vater verbringen sollen.«

»Eine Notlösung, weil die Sache bekannt wurde«, bemerkte ich bitter. »Mama hat uns doch gesagt, dass sehr viele Kinder von ihrem Vater ins Ausland verschleppt werden und dass man nie mehr etwas von ihnen hört. So überlisten sie das Gericht, wenn die Kinder der europäischen Mutter zugesprochen werden. Und

Mama hat damals auch gesagt, dass das belgische Gesetz in so einem Fall völlig machtlos ist.«

Ich starrte eine Weile vor mich hin. Dann fiel mir ein, wie entsetzlich es für Mama sein müsste, wenn sie begreifen würde, was mit uns geschehen war. Ich heulte verzweifelt los. Sam streichelte mir tröstend die Schultern. Er konnte Tränen nicht vertragen, aber als ich endlich wieder imstande war, ihn anzuschauen, sah ich, dass auch er weinte.

Die Flucht

Was soll ich von den darauffolgenden Tagen berichten? Wir waren alle drei verzweifelt, denn Benny begriff allmählich auch, was passiert war. Der einzige Lichtblick war, dass wir uns gegenseitig stützten. Wir wurden Verbündete, Sam, Benny und ich. Und wir rüsteten uns so gut es ging gegen das, was unweigerlich auf uns zukommen würde.

Jeden Morgen, wenn ich die Augen aufschlug und die grauen gekalkten Wände sah, das Geblök der Schafe hörte und den Geruch von Mist und Kräutern einatmete, wurde ich von Angst und Verzweiflung gepackt. Alles sah so trostlos und hoffnungslos aus. Im Zimmer hing immer der dumpfe Geruch von ungewaschenen Körpern, und jeden Morgen beeilte ich mich, als erstes die Tür aufzumachen.

Hätte Vater uns bloß bei Großmutter gelassen, wo viele Menschen waren, um uns abzulenken, und wo wir wenigstens etwas Komfort hatten, um alles etwas erträglicher zu machen. Aber er hatte uns in diesem Loch eingesperrt, als wollte er uns lebendig begraben. Wie ein Feigling hatte er gehandelt, indem er uns nicht selbst erzählte, was er vorhatte. Wahrscheinlich war er bereits Montag bei Nacht und Nebel abgereist und überließ diese unangenehme Aufgabe seinen Brüdern. Wie konnte er uns, seine eigenen Kinder, so verraten, als wären wir ihm völlig egal!

Tante Batoul war sehr freundlich. Sie kochte *couscous* mit Milch und gab uns so viele Eier, wie wir nur essen konnten, aber jede Stunde verlief in einer hoffnungslosen Leere. Ihr Mann zeigte uns grinsend seinen Viehbestand und deutete auf die Hügel ringsum, die seine Welt eingrenzten. Währenddessen redete er in einem scheußlichen Dialekt, von dem wir nicht die Bohne verstanden, und wir nickten nur, um ihn zufriedenzustellen.

Zu allem Übel hatte der Ramadan, der Fastenmonat, angefangen. Von Sonnenaufgang bis zum Sonnenuntergang durfte man nichts essen oder trinken. Sam und Benny brauchten sich nicht daran zu halten, aber ich schon. Trotzdem gab Tante Batoul mir jeden Mittag eine Kleinigkeit zu essen, wahrscheinlich weil sie Mitleid mit mir hatte. Der Ramadan dauert dreißig Tage!

Die Sonne ging auf und unter. Wir hielten uns meistens draußen in der sengenden Hitze auf und tranken süßen heißen Tee. Wir sehnten uns alle drei nach einem Glas kühler Limonade. Benny weinte oft deswegen. Das Wasser aus dem Brunnen war ziemlich salzig und verschlimmerte unseren Durst noch. Sauber war es auch nicht, so dass wir Durchfall bekamen. Das machte alles noch schrecklicher. Eine Toilette gab es nicht, und wir mussten uns an eine Stelle außerhalb des Distelzauns zurückziehen.

Am dritten Tag unserer Verbannung, als ich gerade den Hof kehrte, kam Sam auf mich zugeschlichen.

»Wir verschwinden, Nadia!«

Ich erschrak von seinem heftigen Ton.

»Wohin bloß?«

»Ich bleibe nicht länger hier. Wir schnappen uns etwas Obst und Brot und hauen ab.«

»Wann denn?«

»Nachher, nachdem wir gegessen haben. Die beiden Alten machen dann doch immer ein Nickerchen.«

Zu diesem Zeitpunkt ist auch die Hitze am schlimmsten, wusste ich. Es würde also nicht einfach werden.

»Und was ist mit Benny?«

Einen Moment zögerte Sam, dann sagte er müde: »Natürlich geht er auch mit.«

Diese Idee gefiel mir überhaupt nicht. Wir waren weit von der bewohnten Welt entfernt. Wie sollten wir allein die Stadt erreichen? Wir hatten kein Geld und waren auf die Hilfe von anderen angewiesen. Bis jetzt hatte ich immer noch gehofft, dass uns einer unserer Onkel mit dem Auto von hier abholen würde. Aber es war niemand aufgetaucht.

Ich nickte. Wir mussten es wagen.

Vor lauter Aufregung kriegten wir kaum einen Bissen runter. Besonders Benny fiel es schwer, seine Freude zu verbergen. Um ihn etwas aufzumuntern, hatte ich ihm von unserem Fluchtplan erzählt. Ich sah, dass Tante Batouls Mann, der nicht weit von uns entfernt einige Seile reparierte, ihn hin und wieder misstrauisch ansah.

Um den Schein zu wahren, stopfte ich einige Kartoffeln und ein Stück Brot in mich hinein. Fleisch gab es nie. Nur Zwiebeln und Kartoffeln in einer roten, würzigen Soße, die meinen Hunger nicht stillten. Aber in diesem Augenblick führte mich jeder Bissen näher zur Freiheit. Ich sah, dass *ampti* Batoul zufrieden nickte. Ihr gefiel es, wenn wir tüchtig zulangten.

Sam legte sich im Schatten auf ein Schafsfell, als hätte er auch vor, etwas zu schlafen. Das machten wir jeden Tag so, damit der lange Nachmittag schneller vorbeiging. Benny ging noch zu seinen Ziegen, um keinen Verdacht aufkommen zu lassen, und ich brachte das schmutzige Geschirr in die Küche und räumte ein wenig auf.

Als ich einen Blick in den Hof warf, sah ich, dass der alte Mann bereits wie ein Klotz schlief. Er musste ja jeden Tag sehr früh aufstehen.

Ampti Batoul ging noch emsig auf und ab, ganz entgegen ihrer Gewohnheit. Ob sie etwas ahnte? So gelassen wie möglich holte ich Wasser am Brunnen und fing mit dem Geschirrspülen an.

Tante Batouls Haus hat nur ein niedriges Zimmer, und daneben befindet sich ein schiefer Verschlag aus Brettern, der als Küche dient. Fenster gibt es keine, und nachts wird ein Brett vor den Eingang gestellt, um die wilden Katzen und die herumkriechenden Insekten aus dem Haus zu halten. Schlangen soll es hier auch geben, doch ich habe nie eine gesehen. Wir schliefen alle zusammen in dem einen Zimmer und lebten ansonsten draußen im Hof.

Nachdem ich noch einiges aufgeräumt hatte, traute ich mich endlich wieder ins Freie und sah zu meiner Erleichterung, dass sich Tante Batoul in den Schatten der Hauswand gelegt hatte. Über sich hatte sie eine schmuddelige Decke als Schutz gegen die herumschwirrenden Fliegen ausgebreitet. Wie man in der größten Hitze des Tages so schlafen kann, werde ich wohl nie verstehen.

Als Sam sich vergewissert hatte, dass die beiden alten Menschen fest schliefen, stand er behutsam auf und kam auf Zehenspitzen auf mich zu geschlichen.

»Geh schon mal mit Benny vor und warte hinter den Disteln auf mich«, sagte er. »Ich kümmere mich um Proviant. Aber seid um Himmels willen leise, verstanden? Wir können die beiden jetzt nicht gebrauchen.«

Ich nickte und überquerte leise und möglichst entspannt den Hof. Jeden Moment rechnete ich mit der bösen Stimme meines Onkels, aber zum Glück blieb es still. Als ich über die Schulter blickte, sah ich, dass Sam in die Küche verschwand.

Benny folgte mir wie ein kleiner Hund. Er begriff, dass er leise sein musste, doch als wir weit genug vom Haus entfernt waren, fragte er mit piepsiger Stimme: »Bringst du mich jetzt zu Mama?«

Es klang so traurig, dass mir die Tränen in die Augen schossen. Ich drückte ihn an mich und nickte vage, in der Hoffnung, ihn zu beruhigen. In diesem Moment nahm ich mir fest vor, alles Mögliche auf mich zu nehmen, um ihn wieder sicher nach Belgien zu bringen.

Sams Ankunft unterbrach meine traurigen Gedanken. Er sah plötzlich sehr erwachsen aus, und ich war froh, dass er die Führung übernahm.

»Ich habe einige getrocknete Datteln, etwas Brot, Oliven und einen Plastikkanister mit Wasser. Das müsste reichen. Ich habe noch mal nachgedacht und vermute, dass wir nicht sehr weit von einer Stadt entfernt sind. Bevor es Abend wird, müssten wir sie erreichen.«

Ich hoffte, dass er Recht hatte. Auf der Fahrt hierher hatte ich kaum auf den Weg geachtet, aber sie hatte bestimmt nicht länger als eine Stunde gedauert. Das letzte Stück ging über einen holprigen Pfad. Es müsste also möglich sein, die asphaltierte Straße zu finden, um ihr dann bis zur Stadt zu folgen. Mit einem bisschen Glück würden wir vielleicht von einem Auto mitgenommen werden.

Was wie ein aufregendes Abenteuer anfing, endete in einem Alptraum.

Nach einer Stunde war Benny völlig erschöpft. Er quengelte unentwegt und wollte nicht weiter, so dass wir ihn abwechselnd tragen mussten, obwohl auch wir müde waren. Wir wollten aber nicht zu streng mit ihm sein, da Benny recht schwach war und schnell weinte. Das war das letzte, was wir gebrauchen konnten.

Die Oliven waren bald alle, das Wasser hatten wir bereits bis über die Hälfte getrunken, und als wir uns auch schon tüchtig über das Brot hergemacht hatten, beschloß Sam, die letzten Vorräte einzuteilen.

»Wir trinken und essen nicht mehr, bis die Sonne hinter den Hügeln verschwindet«, sagte er bestimmt.

Wir irrten immer noch durch die Hügel. Ob wir überhaupt vorankamen? Die Sträucher links von uns hatten wir schon vor Stunden gesehen, und nach jedem Hügel tauchte ein neuer vor uns auf. Nicht die Spur von einer asphaltierten Straße.

Wir begegneten keinem Lebewesen. Man würde erwarten, dass man nach stundenlangem Marschieren einen verlassenen Hof oder einige Häuser sieht, aber dem war nicht so. Mir kam es vor, als würden wir in einer völlig ausgestorbenen Welt umherirren. Wir gingen durch dürres Gras, zerkratzten uns die Beine, und die Füße brannten vom vielen Gehen.

Was wir jedoch sahen, waren Ameisen und Eidechsen. Tausende von Eidechsen. Sie leben, wie ich vermute, nur von Sand, denn frisches Gras oder Wasser war weit und breit nicht zu sehen.

Anfangs kämpften wir noch gegen unsere Verzweiflung an und machten Witze über die Schule oder zu Hause, um nicht den Mut zu verlieren. Wir sangen ein paar Volkslieder, als könnte uns das retten. Später gingen wir schweigend nebeneinander her, jeder Schritt war so anstrengend, dass wir ihn mit Schweiß bezahlen mussten. Benny war quengelig, er weinte und wollte gar nicht mehr allein gehen.

»Wir hätten ihn lieber bei Tante Batoul lassen sollen!« bemerkte Sam bitter.

Ich erschrak bei diesem Gedanken, und Sam zuckte entschuldigend mit den Schultern.

»Wir hätten ihn doch später abholen können? Ohne ihn wären wir schon viel weiter.«

Das stimmte zweifellos. Aber obwohl ich Benny tragen musste, war ich froh, ihn mitgenommen zu haben. Wir waren doch verantwortlich für ihn. Wir saßen alle im gleichen Boot und waren aufeinander angewiesen.

Gegen fünf Uhr setzten wir uns in den Schatten eines Strauches, um uns etwas auszuruhen. Vier Stunden waren wir bereits unterwegs, aber es sah nicht danach aus, dass wir unserem Ziel einen Schritt näher gekommen waren. Um uns herum befanden sich nur fahlbraune Hügel, Distelgras und Mimosensträucher mit ihren gemeinen Stacheln. Ich fing an, diese Landschaft zu hassen.

Benny schlief auf der Stelle ein. Die Sonne stand bereits viel niedriger, aber die Hitze brannte trotzdem auf unserer Haut. Ich hatte nicht gewußt, dass es so unglaublich heiß sein kann. Mein Mund fühlte sich wie Leder an.

»Können wir etwas trinken?« fragte ich heiser.

Sam zögerte einen Augenblick. Er sah sich den schlafenden Benny an, dann den Sonnenstand und schließlich mein erhitztes Gesicht.

»Zwei kleine Schlucke, okay?«

Ich hätte ihn umarmen können. Das hatte ich nicht von Sam erwartet, der mich ärgern konnte, bis ich platzte, der immer das größte Kuchenstück haben wollte und nie daran dachte, seine Bonbons mit irgend jemandem zu teilen.

Wir blieben lange im Schatten sitzen. Meine Füße taten höllisch weh, und Sam hatte zwei große Blutblasen.

Plötzlich lachte Sam los.

»Stell dir vor, die anderen machen jetzt ihre Hausaufgaben!«

»Unsere Freunde in Belgien?«

»Natürlich. Heute ist Freitag. Dort ist es zwei Stunden später als hier. Vielleicht spielen sie jetzt auch Fußball.«

Wir starrten mit leeren Augen vor uns hin. Fußballspielen, während wir hier ...

Ich hatte Heimweh. Ich wollte zu Hause sein. Zu Hause! In meiner vertrauten Umgebung, bei Mama in der Küche, bei meinen Büchern und Musikkassetten, bei meinen Freundinnen.

Benny wachte auf. Seine Haut war von der Sonne verbrannt, aber er lächelte. Sam gab ihm ein Stück Brot und etwas Wasser, danach gingen wir weiter.

Es dämmerte bereits, als wir endlich einem alten Mann mit einem Eselswagen begegneten. Er transportierte Stroh für sein Vieh und hielt an, um uns zu betrachten. Wir sahen wohl furchtbar aus.

»*El ma*, Wasser?« fragte Sam in perfektem Marokkanisch.

Der Bauer schnalzte mit der Zunge. Er sprach Dialekt und löcherte uns mit Fragen, die wir nur bruchstückhaft verstehen konnten.

Sam zeigte auf den leeren Kanister und machte eine Trinkbewegung. Mit einem zahnlosen Grinsen nickte der alte Mann und zeigte mit seinem Bambusstock zum Wagen, um uns zu verstehen zu geben, dass wir mitfahren konnten.

So eine Erleichterung! Wenn es auch nur ein wackliger Karren war, der nach Mist und Hühnern stank.

Lächelnd sahen wir zu den vorbeiziehenden Hügeln hinüber. Und plötzlich, wie durch ein Wunder, entdeckten wir rechts von uns einen Streifen Asphalt.

»Dort!« schrie Sam aufgeregt. »Die Straße!«

Der Bauer sah sich verwundert um, als er meinen Bruder in einer fremden Sprache rufen hörte.

»*Romea*? Europäer?« fragte er interessiert.

Wir nickten bestürzt und machten eine unschuldige Miene, damit er nicht weiterfragte.

Wir erreichten eine Abzäunung aus dürren Sträuchern. Dahinter befand sich das Haus des Bauern. Inzwischen war es stockdunkel geworden. In der Tür des einzigen Zimmers stand eine brennende Petroleumlampe. Das, was uns bei Tante Batoul äußerst primitiv vorgekommen war, erschien uns jetzt wie ein Hoffnungsschimmer.

Wir bekamen zu essen und zu trinken. Die Frau des Bauern, eine spindeldürre Alte mit einem zerfurchten Gesicht, breitete in einer Ecke einige Schafsfelle und Decken aus, auf die wir uns erschöpft hinlegten.

Ich war von ihrer Gastfreundschaft ganz begeistert. Gutes Essen für drei fremde Kinder und ein Bett in der Ecke ihres einzigen Zimmers, und das alles mit einem Lächeln.

Doch an diesem Abend war mir das alles zu viel, und mit tränenüberströmten Gesicht sank ich in einen traumlosen Schlaf.

Erwischt

Wir müssen wie Murmeltiere geschlafen haben, denn als wir plötzlich mit einem Ruck aufwachten, stand Onkel Fouad vor uns. Wir hatten ihn nicht kommen hören.

Ich wusste sofort, dass er uns abholen wollte, und schrie vor Wut. In diesem Moment hasste ich ihn zutiefst.

Ich überlegte, wie er uns gefunden hatte, denn hier gibt es weit und breit kein Telefon. Ich hätte jedoch wissen sollen, dass hier der Nachrichtendienst zwischen den Menschen untereinander perfekt funktionierte. Wenn sich irgendwo ein Unfall ereignete, kamen die Verwandten hinzugeeilt, um die betroffene Familie zu unterstützen. Zu jeder Hochzeit, Geburt oder bei einem Sterbefall kamen sie in Massen. Eine Einladung war nicht nötig. Als Vater letzten Sommer unerwartet operiert werden musste, erhielten wir besorgte Anfragen von seinen Brüdern, die wissen wollten, ob es sehr ernst sei. Mama sagte immer, dass man nicht einmal einen Rülpser lassen könne, ohne dass die marokkanische Sippe es erfahren würde. Leider bewahrheitete sich dies auch heute wieder.

Sam rieb sich die Augen. Den Blick, den er daraufhin Onkel Fouad zuwarf, sprach Bände, aber er war anscheinend zu überwältigt, um sofort reagieren zu können.

»Ihr habt uns einen schönen Schrecken eingejagt!« brüllte Onkel Fouad außer sich vor Wut. »Wie kommt ihr bloß darauf, allein wegzugehen, ohne Geld, ohne Essen und ohne euch auszukennen? Ihr habt keine Ahnung, wie gefährlich es in den Hügeln sein kann. Glaubt ihr etwa, dass …«

»Ich wollte dort weg!« schnaubte Sam.

»Weg? Euer Vater hat euch uns anvertraut. Was hätte ich ihm sagen sollen, wenn euch etwas passiert wäre?«

»Wir wollen nach Hause. Zu Mama!«

Onkel Fouad wurde blass vor Wut.

»Zu Mama! Eure Mutter verdient diesen Namen nicht mehr. Sie will sich scheiden lassen, um sich mit anderen Männern zu amüsieren. Aber das kommt für einen Marokkaner nicht in Frage. Unsere Frauen sind treu und spielen nicht verrückt.«

Ich erstickte fast vor Wut.

»Mit anderen Männern? Es gibt keine anderen Männer. Mama hat von Vaters Faulheit und von seinem ständigen Gemecker die Nase gestrichen voll.«

Ich konnte mich nicht mehr zusammenreißen und heulte los. Benny wachte von dem Geschrei auf. Er blickte verschüchtert um sich und verkroch sich dann jammernd in meine Arme.

»Ich will zu Mama!« hörte ich ihn auf Französisch flüstern.

Meine Augen funkelten vor Wut.

»Er will zu Mama!« brüllte ich Onkel Fouad an. »Hast du das gehört? Was seid ihr für Unmenschen, Kinder zu entführen. Nur weil Mama beschlossen hat, in Zukunft allein für uns zu sorgen, weil Vater nicht dazu fähig ist. Wir sind Belgier, hörst du? Wir wollen zurück. Deshalb sind wir abgehauen. Ihr könnt uns nicht zwingen, in diesem verdammten Land zu bleiben, verstanden?«

»Schweig!«

Ich hatte ihn noch nie so böse erlebt. Ob ich zu weit gegangen war? Ich hatte doch nur die Wahrheit gesagt. Wollte man uns hier etwa festhalten, bis wir erwachsen wären? Damit erreichten sie doch auch nichts. Warum taten sie uns das an?

Ich tröstete meinen kleinen Bruder und behandelte Onkel Fouad als sei er Luft. Sam hatte sich wieder hingelegt und sich die Decken über den Kopf gezogen, als könnte er so das ganze Elend vergessen.

Als wir stumm blieben, beruhigte Onkel Fouad sich zusehends. Er machte der Frau, die in der Türöffnung stand, ein Zeichen. Sie nickte und brachte kurz darauf ein Tablett mit Tee und Brot.

Sam und ich hüteten uns, das Essen auch nur mit einem Finger anzurühren. Von mir aus konnte Onkel Fouad sich einbilden, dass wir den Ramadan respektierten. Aber Benny aß mit Appetit und biss mit strahlenden Augen in den Honigkuchen. Ich hatte den leisen Verdacht, dass er sich nur so bedauernswert aufgeführt hatte, um beachtet zu werden. Aber schließlich hatte er keine Ahnung davon, welches Unrecht uns zugefügt wurde und wie es Mama wohl erging, wenn sie auch nur ahnte, was wir durchmachen mussten.

Nach dem Frühstück führte Onkel Fouad uns zum Auto.

Anfangs wurde unterwegs kein Wort gesprochen. Benny zeigte unbekümmert auf jeden Esel, den er sah, und krähte vor Aufregung, als ein Huhn mit einigen Küken knapp vor unseren Rädern die Straße überquerte.

Unser Schweigen wurde Onkel Fouad auf die Dauer wohl unangenehm, denn er fing an, ganz ruhig auf uns einzureden, als hielte er uns für völlig ahnungslos.

»Hört, Nadia, und vor allem du, Samir, euer Vater hat euch hier zurückgelassen, weil er zu Hause mit eurer Mutter eine Einigung erzielen möchte. Wenn er alles geregelt hat, könnt ihr wieder nach Hause zu eurer Mutter, und dann werdet ihr alles, was euch jetzt Angst macht, wieder vergessen.«

Obwohl ich mir fest vorgenommen hatte, kein Wort zu sagen, konnte ich mich nicht länger zurückhalten.

»Wahrscheinlich nur unter der Bedingung, dass Mama die Scheidung rückgängig macht. Aber das wird sie nicht tun, da kannst du sicher sein. Jahrelang hat sie alles ertragen, um einigermaßen friedlich mit Vater zu leben. Aber das hat nicht geklappt. Ihr habt keine Ahnung, wie gemein er sich benimmt.«

»Dazu hat er als Ehegatte das Recht und die Pflicht!« sagte

Onkel Fouad barsch. »Ein Mann, der seine Frau und Kinder zu gut behandelt, bekommt nur Schwierigkeiten. Das Haupt einer Familie darf nicht zimperlich sein. Es ist seine Aufgabe, die Kinder kurz zu halten, damit sie zu vernünftigen Menschen heranwachsen. Das gilt auch für seine Frau. Und wie sieht das in Belgien aus? Dort gibt es haufenweise Scheidungen. Ein Mann verlässt seine Frau oder umgekehrt, und die Kinder sind die Leidtragenden. Und wer alt und krank ist, landet in einem Altersheim, wo er vor sich hinvegetiert, weil sich niemand um ihn kümmert. Glaubt ihr etwa, das sei in Ordnung?«

»Es geht auch anders«, motzte ich ihn an.

»Nicht in eurem Land! Nur wenigen Familien gelingt es, einigermaßen harmonisch zu leben, so wie wir hier, und in einer Gesellschaft von Ungläubigen standzuhalten. Wie soll das auch anders gehen, wenn unentwegt getrunken und gefeiert wird und kein Mensch an Gott glaubt.«

«Das stimmt nicht!« protestierte Sam energisch.

Ich schwieg. Ob die Kinder unserer Nachbarin mit ihrem Stiefvater glücklich waren? Wohl nicht. Und mir fiel Myras Vater ein, der trank, bis er umkippte. Ich musste auch an Großmutter denken, die jahrelang in einem Altersheim gelebt hatte. Ihre einzigen Lichtblicke waren unsere seltenen Besuche, die wir oft gegen unseren Willen machen mussten.

Ich wehrte mich gegen diese Gedanken, weil vielleicht doch etwas Wahres an Fouads Worten war. Dann schüttelte ich heftig den Kopf. Für andere Menschen mochte das zutreffen, aber nicht für uns. Wir konnten uns keine bessere Mutter wünschen, und wenn sie alt sein würde, würde ich sie nicht wie Ballast von mir schieben.

»Glaubt mir. So wird bei euch gelebt. Manche treiben es nicht gar so schlimm, aber sie sind die Ausnahme. Ich habe dreizehn Jahre in Belgien gearbeitet und also selbst gesehen, wie es dort zugeht. Wenn man verheiratet ist, muß man zusammenbleiben, auch dann, wenn es vorübergehend einige Probleme gibt. Das ist unser wichtigstes Gesetz. Eure Mutter will mit diesem Gesetz brechen und unsere ganze Verwandtschaft, hört gut zu, die ganze Verwandtschaft wird sich zur Wehr setzen.«

»Und uns benutzt ihr für eure Erpressung«, murmelte Sam. Zum Glück hatte Onkel Fouad das nicht gehört.

»Wohin bringst du uns?« fragte ich resignierend.

Inzwischen hatte ich begriffen, dass unsere Verwandten uns aus prinzipiellen Gründen festhielten und dass es sehr schwer sein würde, ohne Hilfe von hier zu entwischen. Wir sollten uns lieber eine Zeitlang damit abfinden und eine bessere Gelegenheit abwarten. Hoffentlich dann aber an einem Ort, der nicht so gottverlassen war wie der Bauernhof von Tante Batoul.

»Wir fahren jetzt zu *hanna*. Ich stimme mit euch überein, dass das Haus von Tante Batoul weniger geeignet ist. Ich hoffe, dass ihr euch fügt, weil ihr jetzt wisst, warum ihr vorläufig hier bleiben sollt. Euer Vater hat mir versprochen, alles so schnell wie möglich zu regeln. Zu *hanna* wollt ihr doch, oder?«

Obwohl ich davon ausging, dass man auf unsere Wünsche wenig Rücksicht nehmen würde, fand ich diese Frage immerhin nett, und das tat mir gut. Ich zuckte mit den Schultern und nickte.

»Dort ist es jedenfalls besser als in den Hügeln.«

Während der weiteren Fahrt schwiegen wir. Ich achtete jetzt auf jedes Erkennungszeichen in der Landschaft, auf jede Kurve, mit dem Gedanken im Hinterkopf, dass ich es eines Tages brauchen könnte. Sam verhielt sich ähnlich, stellte ich fest und lächelte.

So schnell konnte man uns nicht unterkriegen.

Wir blieben drei Tage bei Großmutter. Dann brachte Onkel Fouad uns zu dem Hof von Onkel Aissa, der mit einer von Vaters Schwestern verheiratet war. Ich wusste ganz genau, warum sie das taten. Mama kannte Großmutters Haus, und sie könnte jemanden schicken, um die Lage auszukundschaften, oder selbst eines Tages auftauchen. Diese Gefahr gab es auf dem Bauernhof nicht, weil Mama nie dort gewesen war.

Im Vergleich zu Tante Batouls Haus waren wir bei Onkel Aissa besser dran, aber trotzdem war das Leben dort kein Spaß. Auch hier gab es kein fließendes Wasser und keine Elektrizität. Dafür aber ein Fernsehgerät und ein Radio, die auf Batterien liefen, und sieben Zimmer, was von Wohlstand zeugte.

Die Zimmer umrahmten einen Innenhof und hatten alle ein Fenster. Die Zementböden waren bedeutend hygienischer als die festgestampfte Erde in Tante Batouls Haus. Sam, Benny und ich bekamen ein Zimmer für uns, und diesen Luxus nahmen wir dankbar an. So hatten wir Gelegenheit, oft zusammenzusein und Pläne zu schmieden. Ich hängte Bilder und Gardinen auf und schlug einige Nägel als Kleiderhaken in die Wand. Ein Schrank war nicht da, nur ein niedriges Sofa, auf dem Sam schlief. Benny und ich mussten uns mit einem Schafsfell am Boden begnügen.

Ungefähr hundert Meter vom Hof entfernt gab es einen Brunnen. Man musste sich auf die glitschigen Steine stellen und den Eimer unter ein Rohr halten, das aus dem Boden hervorschaute. Es floss immer frisches Wasser heraus, außer an den Markt- und Feiertagen, weil der Verwalter dann keine Lust hatte, den Motor in Betrieb zu setzen. Das Brummen des Motors begleitete uns die ganze Zeit über als allgegenwärtiges Hintergrundgeräusch, besonders nachts war es sehr gut zu hören, zusammen mit dem Hundegebell, dem Froschgequake und dem Zirpen der Grillen.

Onkel Aissa hatte acht Kinder. Das älteste war siebzehn, das jüngste drei. Anfangs verstanden wir uns gut, weil sie zu uns aufschauten. Wir sprachen eine andere Sprache und waren *romeas*. Wir durften auch immer zusammen mit den Männern essen, die gutgefüllte Schüsseln aufgetischt bekamen, und als mein bestes Kleid an einer Stelle zerrissen war, kaufte Onkel Aissa mir ein neues, obwohl seine eigenen Kinder recht dürftig gekleidet waren. Im Gegensatz zu ihnen trugen wir Sandalen, weil wir barfuß nicht so geschickt waren. Aber anstatt neidisch zu sein, bewunderten sie uns.

Wider alles Erwarten gefiel mir das Leben dort. Es gab Hunde,

Kühe, Schafe, Kaninchen, und wir hatten unsere helle Freude an dem störrischen Esel. Ich fütterte fleißig die vielen Katzen und badete sie gründlich, weil sie voller Läuse waren. Das löste großes Gejohle aus, denn dort würde niemand auf so eine Idee kommen. Selbst die kleinen Kinder wurden selten gewaschen, weil es zu anstrengend war, das viele Wasser heranzutragen,

Auf dem Hof von Onkel Aissa lernte ich es, fließendes Wasser richtig zu schätzen. Und den Luxus, elektrisches Licht zu haben! Hier war der Tag zu Ende, wenn die Sonne unterging, außer während des Ramadans. Man konnte sich zwar bei Kerzenlicht und einem Glas heißen Tee mit den Nachbarn unterhalten, was die Lieblingsbeschäftigung schlechthin war, aber gemütlich lesen oder Karten spielen war nicht möglich. Wenn die Sonne unterging, blieb einem eigentlich nichts anderes übrig, als schlafen zu gehen.

Onkel Aissa und Tante Fatima standen um fünf Uhr auf. Dann wurden zuerst die Kühe gemolken, die Schafe ins Freie getrieben, die Hühner und Kaninchen gefüttert. Als sie jedoch mitkriegten, dass ich mich gern um die Tiere kümmerte, überließen sie mir zu meiner Freude die Versorgung des Kleinviehs. Der kaputte Autoreifen, der als Trinkgefäß für die Hunde diente, war immer mit Wasser gefüllt. Sie wurden von Tag zu Tag fetter, wie auch die Kaninchen und die Hühner.

Was mich jedoch immer wieder schockierte, war ihre Gleichgültigkeit Tieren und schwachen Menschen gegenüber. Mitleid war für sie ein Fremdwort. Wenn ein Küken tot aufgefunden wurde, entweder weil es von einer Katze gebissen oder vor Schwäche gestorben war, wurde es achtlos auf den Misthaufen geworfen. Wenn Benny das sah, weinte er und holte das Tier heimlich weg, um es an einer versteckten Stelle zu begraben. Onkel Aissas Kinder lachten ihn aus. Benny kreischte auch, wenn ein Tier geschlachtet wurde, und er weigerte sich, von dem Fleisch zu essen. Bis heute kann man ihm mit einem Stück Fleisch keine Freude machen. Anfangs fand ich das Schlachten auch scheußlich, aber als mein Hunger größer wurde, lernte ich, auch Fleisch zu schätzen. Von da an kniff ich die Augen zu, wenn irgend jemand mit einem Messer auftauchte.

In diesem Land wird nicht gelebt, sondern überlebt. Es war hart, aber die Erfahrungen taten mir gut. Da war kein Platz für kindisches Benehmen und übertriebene Empfindlichkeit. Einmal habe ich sogar für Benny ein Ei gestohlen, weil er hungrig war. Die meisten Eier wurden nämlich verkauft. Die Mahlzeiten waren sehr einseitig: Kartoffeln, Zwiebeln, Tomaten, Melonen, Trauben oder Peperoni. Manchmal mit Huhn oder einem Stückchen Fleisch, das man mit allen teilen musste und von dem die Männer das größte Stück abbekamen. Zu jeder Mahlzeit gab es selbstgebackenes graues Brot, das ziemlich roh schmeckte und beim Abkühlen hart wie Stein wurde.

Auf dem Bauernhof von Onkel Aissa, zwischen lauter Menschen, die vor Armut sehr selbstsüchtig geworden waren, lernte ich, mich durchzusetzen und mich zu verteidigen. Für meinen Onkel brauchte ich nie Wasser zu holen, und das tat ich auch nicht, selbst die wenigen Male nicht, als er mich darum bat.

Eigentlich hatte ich mich dort schon völlig eingelebt, als plötzlich ein Mann mit einer Nachricht von Mama auftauchte.

Ali

Der Mann, der mir die Nachricht von Mama überbrachte, war für diese Gegend recht unüblich gekleidet. Obwohl er wie ein richtiger Marokkaner aussah, passte die bäuerliche Tracht nicht zu ihm und sah eher wie eine Verkleidung aus. Zumindest wirkte sie auf mich so, als er mich, halb verdeckt von den Bäumen, zu sich winkte. Zusammen mit Benny war ich unterwegs zu dem abgelegenen Gemüsegarten, um für Tante Fatima *nana* zu holen. Sie hatte mich geschickt, weil sie um fünf Uhr Minztee machen wollte.

Zunächst nahm ich keine besondere Notiz von dem Mann, weil ich gelernt hatte, mich vor Fremden in acht zu nehmen, aber endlich siegte meine Neugierde, vor allem weil er so merkwürdig aussah.

Zögernd ging ich auf ihn zu, bereit, mich sofort wieder aus dem Staub zu machen.

»Nadia?« fragte er, als ich nahe genug war, und ich hörte an seiner Stimme, dass er genauso unsicher war wie ich. Das beruhigte mich.

»Was wollen Sie?« fragte ich auf arabisch.

Plötzlich lachte er übers ganze Gesicht, da mein Akzent mich wohl verraten hatte.

»Wenn du Nadia bist, habe ich eine Nachricht für dich, von deiner Mutter.«

Mein Herz überschlug sich vor Freude.

»Wirklich?« fragte ich ungeduldig. »Was denn?«

Mein Misstrauen verschwand wie Schnee in der Sonne. Ich stellte mich ganz dicht neben den Mann, um kein Wort zu verpassen.

»Sie lässt euch herzlich grüßen und möchte wissen, wie es euch geht.«

»Hat meine Mutter Sie geschickt?«

»So kann man es sagen, ja. Sie ist völlig ratlos und hat jemanden gesucht, der ihr helfen kann, da sie selbst unmöglich Kontakt mit euch aufnehmen kann. Sie hat alles Mögliche bereits versucht. Ich sehe, dass es euch gut geht. Ist das Benny, dein Bruder?«

Er zeigte auf Benny, der in einiger Entfernung in einem Ameisenhaufen stocherte und unser Gespräch nicht hören konnte. Als der Mann den Namen meines Bruders sagte, war ich überzeugt davon, dass er die Wahrheit sprach. Hier würde niemand auf die Idee kommen, Benny zu sagen.

Ich nickte und bekam vor Aufregung kaum noch Luft.

»Deine Mutter macht sich vor allem um ihn große Sorgen. Sie möchte wissen, ob er oft unter seinem Asthma zu leiden hat.«

»Nein, er hat hier noch keinen einzigen Anfall gehabt, er hustet nicht einmal.«

Wir sprachen jetzt Französisch, und während des Gesprächs musterte ich den Mann von Kopf bis Fuß. Er war untersetzt, hatte eine breite Nase und verschmitzte Augen. Ich fragte mich, wie Mutter ihn kennengelernt hatte, denn obwohl oft Landsleute meines Vaters zu uns ins Haus kamen, hatte ich ihn noch nie gesehen.

»Arbeiten Sie in Belgien?« fragte ich.

Diese Frage schien ihn zu überraschen. Er lachte.

»Ich habe in Belgien gearbeitet. Vor einigen Jahren bin ich zurückgekommen.«

»Wie haben Sie denn mit meiner Mutter sprechen können?«

»Ach, hin und wieder reise ich nach Europa. Vor zwei Wochen habe ich dort meinen Freund Hamid getroffen, der mir von den Problemen deiner Mutter erzählte und mich fragte, ob ich etwas für sie tun könnte. Daraufhin habe ich deine Mutter besucht. Als es noch möglich war, in Belgien eine Arbeitserlaubnis zu bekommen, habe ich viel für meine Landsleute getan. Viele kennen mich und sind mir wohlgesonnen. Deshalb sind sie jetzt bereit, mir zu helfen.«

»Ich verstehe nicht, was Sie meinen.«

»Ich kenne mich in deinem Land gut aus, Nadia. Ich habe mich dort immer gut zurechtgefunden. Die Belgier haben Vertrauen zu mir. Und mit Hilfe der richtigen Leute kann eure Mutter euch zurückbekommen.«

»Zurückbekommen? Nehmen Sie uns mit?«

Meine Freude war ihm wohl peinlich, denn er schlug die Augen nieder.

»Nein, so schnell geht es nicht. Es gibt noch einige Schwierigkeiten. In den nächsten Tagen wird es uns noch nicht gelingen. Wir werden die gleiche Methode anwenden müssen, wie euer Vater, als er euch entführt hat.«

Es tat weh, das aus dem Mund eines Fremden zu hören.

»Wieso sollte Vater uns entführt haben? Er ist doch unser Vater? So ein Unsinn, das zu behaupten. Er hat uns mitgenommen, das stimmt, aber er hat nichts Böses getan.«

Die Augen des Mannes wurden zu Schlitzen.

»Vielleicht nicht. Und wenn es dir hier gefällt, kannst du natürlich gern hier bleiben. Das wäre bedeutend einfacher.«

Ich schrie erschreckt auf. Er lächelte.

»Das willst du also doch nicht und deine beiden Brüder wahrscheinlich auch nicht. Du musst der Wahrheit ins Auge sehen. Euer Vater hat euch unter einem falschen Vorwand mitgenommen und euer Vertrauen missbraucht. Das solltest du sehen, auch wenn er dein Vater ist. Er hat bestimmt gewußt, dass ihr lieber bei eurer Mutter bleibt. Aber er hat alles vorher geplant und sich nicht gescheut, gegen euern Willen zu handeln.«

Ich tat, als würde ich angestrengt darüber nachdenken, und gab dann kleinlaut zu.

»Ja, so war es wohl. Aber er wollte uns nichts Böses tun.«

»Ich finde es toll, dass du deinen Vater verteidigst. Ich kenne ihn gut, Nadia, und manches an ihm schätze ich durchaus. Aber was er deiner Mutter angetan hat, kann ich nicht gutheißen.«

»Was? Was hat er Mama angetan?«

»Er hat versucht, sie zu erpressen. Entweder die Kinder und ihn oder die Scheidung ohne Kinder. Das hat er ihr erklärt, nachdem er nach Belgien zurückgekehrt ist. Aber deine Mutter ist eine starke Frau. Sie hat sich nicht darauf eingelassen. Sie hat ihm erklärt, dass sie nicht nachgeben werde und besteht nach wie vor auf der Scheidung und dem Sorgerecht für die Kinder. Und sie ist sicher, dass sie sich durchsetzen wird.«

»Wo ist Vater jetzt? Wohnt er bei ihr?«

Der Mann lachte.

»Oh nein, sie würde ihn nicht einmal reinlassen. Er wohnt bei einem Freund. Und deine Mutter hat eine andere Wohnung gemietet, die sie später mit euch beziehen wird. Die neue Adresse kennt dein Vater nicht.«

Es hörte sich alles so erniedrigend und gemein an. Eine falsche Adresse, ein Vater, der seine Kinder entführt, Lügen, Drohungen ... Was war bloß zwischen meinen Eltern vorgefallen, dass sie so ein Chaos aus ihrer Ehe machten? Vielleicht wäre es wirklich vernünftiger gewesen, wenn Mama nicht die Scheidung eingereicht hätte. Würde unser Leben jemals wieder wie früher werden?

Der ganze Ärger, den Vater uns über lange Zeit gemacht hatte, schien mir jetzt weniger schlimm zu sein. Was blieb, waren einige gute Erinnerungen an angenehme Augenblicke.

Ich fragte mich, ob es denn wirklich so wichtig war, gegen Vaters Willen einen bestimmten Film zu sehen. Und war Ausgehen so viel schöner, als zu Hause bleiben, wenn Vater das von uns verlangte? Dann fiel mir ein, dass er viel zu selten zu Hause war, als dass wir uns richtig über ihn ärgern konnten, und wir meistens sowieso machten, was wir wollten.

Der Mann unterbrach meinen Gedankenfluss.

»Deine Mutter lässt euch Folgendes ausrichten: Sie wird zuerst versuchen, Benny nach Hause zu holen. Du wirst verstehen, dass sie sich um ihn die meisten Sorgen macht, außerdem ist er noch klein und deshalb leichter über die Grenze zu bringen. Ich habe eine Freundin mit einem siebenjährigen Sohn. Benny könnte seinen Platz einnehmen, aber die Pläne sind noch nicht ganz ausgereift. Sie möchte aber, dass ihr informiert seid. Nach Benny seid ihr dran, okay?«

Mir schossen die Tränen in die Augen, vor Freude, aber auch vor Angst. Was alles würde uns noch bevorstehen? Und wie würde Vater reagieren, wenn er feststellte, dass seine Kinder ihm entwischt waren?

Ich zitterte, als meine Augen über den Acker bis zur Maisplantage schweiften, die wie ein Schutzwall wirkte. Weit und breit war niemand zu sehen, aber trotzdem hatte ich das Gefühl, beobachtet zu werden.

»In Ordnung«, sagte ich nervös. »Und richten Sie Mama aus, dass es uns gut geht und wir ihr alles überlassen. Sagen Sie ihr, dass ... Gehen Sie nach Belgien zurück?«

»Nein, ich rufe sie morgen an. Das Ganze wird deine Mutter eine Menge Geld kosten, darauf habe ich sie vorbereitet, aber ihr ist nichts zuviel, um euch zurückzubekommen. Und wenn sie erfährt, dass ihr zusammen seid und außerdem gesund, wird sie immerhin beruhigt sein.«

»Sie soll sich keine Sorgen machen. Wie kann ich Sie erreichen, falls etwas passiert? Wenn Onkel Aissa uns zum Beispiel an einen anderen Ort bringen will. Schnell, dort kommt Latiffa, meine Cousine.«

»Frag im Dorf, im Laden von Haddou, nach Ali. Kannst du das behalten?«

Ich nickte hastig, drehte mich um und rannte mit Benny zum Haus. Ich hatte vergessen, *nana* zu pflücken.

»Mit wem hast du dich unterhalten, Nadia?« fragte meine Tante argwöhnisch, als ich außer Atem in den Innenhof kam. Latiffa schaute mich schadenfroh an. Sie hatte wohl gepetzt.

Ich hatte sofort eine Antwort parat.

»Mit einem der Arbeiter von der Quittenplantage.«

An Onkels Acker grenzte ein Grundstück, das mit Quittenbäumen bepflanzt war. Dort kamen hin und wieder Männer, um die Bäume zu wässern oder zu schneiden.

»Dieser Kerl hat dich nicht anzusprechen. Wie kann er es bloß wagen! Was wollte er von dir?«

«Wasser. Er wollte Wasser. Als ich ihm erklärte, dass sich hinter der Wiese ein Brunnen befindet, stellte er fest, dass ich Ausländerin bin, und so kamen wir ins Gespräch.«

Meine Tante schnalzte missbilligend mit der Zunge. Sie war mit Leib und Seele eine arabische Frau, trug immer lange Kleider und ein Kopftuch. Sie verließ das Grundstück nie unverschleiert und sprach nicht mit fremden Männern. Sie verbrachte ihr Leben hauptsächlich in der Küche und im Innenhof, konnte weder lesen noch schreiben, und diese trostlose Existenz schien ihr auch noch zu gefallen.

»So etwas tut ein Mädchen nicht, Nadia! Man redet nicht mit fremden Männern.«

Ich tat, als wäre ich tief beeindruckt, aber musste mir das Lachen verkneifen. Wie konnte man so einen Aufstand machen, nur weil man ein Mädchen mit einem Mann sprechen sah?

»Ich weiß, Tante. Ich bin wirklich sehr vorsichtig. Außerdem war Benyounnes bei mir.«

»Es gehört sich trotzdem nicht. In Zukunft kommst du sofort nach Hause, wenn du von einem Mann angesprochen wirst.«

»Ich bin auch sofort nach Hause gekommen. Ich habe sogar keine Minze mehr gepflückt.«

Dieses Problem beschäftigte sie jetzt plötzlich viel mehr, als das Drama der unanständigen Begegnung, und sie befahl ihrer Tochter Touria, so schnell wie möglich *nana* zu besorgen.

Sie hockte sich auf den Boden neben dem Tablett mit den Teegläsern und wischte sich mit dem Saum ihres Kleides über die Stirn. Auf dem Gaskocher zischte der Wasserkessel.

Gespielt unterwürfig setzte ich mich neben sie, und ihr Misstrauen verschwand zusehends. Als ich jedoch Wadenkrämpfe bekam, stand ich wieder auf. Mit einem Blick übersah ich den staubigen Innenhof, den Krempel unter dem Vordach, den ganzen miserablen Zustand des Hauses und rannte in unser Zimmer, um mich auszuheulen.

Ich hatte die Nase voll von dem langweiligen Leben, dem vielen Staub, den kargen Mahlzeiten, dem Verzicht auf Komfort. Ich sehnte mich nach zu Hause, mehr noch als am Morgen. Mamas unerwartete Nachricht jagte mir mehr Angst ein, als dass sie mich beruhigte, vor allem weil ich begriffen hatte, dass es noch sehr lange dauern konnte, bis wir hier endlich herausgeholt würden.

Ahfid

Unsere Geduld wurde auf eine harte Probe gestellt. Wochenlang passierte überhaupt nichts, so dass ich anfing, mich zu fragen, ob ich die Begegnung mit Ali vielleicht geträumt hätte. Noch am gleichen Abend hatte ich Sam alles erzählt und stundenlang malten wir uns aufgeregt aus, welche Abenteuer uns noch erwarten würden. Wir fanden es großartig, die Helden eines Komplotts zu sein. Denn aus Alis Worten hatte ich ja begriffen, dass mehrere Menschen eingeschaltet werden mussten, um uns zu befreien. Unsere wilden Vermutungen versetzten uns regelrecht in Feuer und Flamme, so dass wir völlig vergaßen, in welchem Elend wir uns befanden. Sehnsüchtig warteten wir auf den Augenblick, in dem wir wieder frei sein würden.

Aber Tag um Tag verging, und nichts passierte, sogar nach einigen Wochen nicht, und unsere Laune sank wieder auf den Nullpunkt. Wir waren verzweifelter denn je. Sam war so enttäuscht, dass er eine Wut auf mich kriegte und mir vorwarf, dass ich den Mann wohl nur in meiner Phantasie gesehen hätte. Tante Fatima musste ihn sogar einmal mit einem Bambusstock davonjagen, weil er in seinem Zorn auf mich losgehen wollte.

Das setzte mir mehr zu, als ich zugeben wollte, denn gerade unsere Solidarität hatte mich bisher stark gemacht.

Benny, der nichts von den geheimen Plänen erfahren hatte, machte inzwischen, was er wollte. Er war wild, dreckig und frech geworden. Er aß mit den Händen und benutzte schmutzige Worte. Wahrscheinlich hatte er Mama bereits vergessen! Störrisch weigerte er sich, sich zu waschen, worauf ich bis dahin bestanden hatte.

Und vor lauter Verzweiflung gab auch ich den Mut auf und fing an, die Tiere zu vernachlässigen. Ich gab mir keine Mühe mehr, Benny zum Waschen zu überreden und tauchte ihn nur noch ins Wasser, wenn ich mal gut drauf war. Und schließlich verwahrloste ich auch selbst.

Seit drei Monaten waren wir bereits in Marokko. Während dieser Zeit hatte ich mir morgens und abends Gesicht und Hände gewaschen, meine Zähne geputzt und mich dreimal in der Woche einer gründlichen Reinigung unterzogen. Jetzt wollte ich nicht mehr. Mir wurde es zuviel, zwei Eimer mit Wasser zu füllen, sie in mein Zimmer zu schleppen und nachher den Boden aufzuwischen. Es war auch viel zu heiß, der Schweiß floss mir dauernd von der Stirn. Mir wurde alles völlig gleichgültig. Selbst der Gedanke an Mama konnte mich nicht aufmuntern. Sie war so weit weg. Eines Tages stellte ich mit Entsetzen fest, dass ich sogar mein Haar nicht mehr kämmte.

Ahfid, Onkel Aissas ältester Sohn, half mir aus dieser Stimmung. Bis dahin hatte ich ihn ziemlich arrogant gefunden, weil er keine Notiz von mir nahm. Er unterhielt sich auch selten mit den anderen, hockte meistens irgendwo allein, starrte vor sich hin und kriegte sogar beim Essen den Mund kaum auf.

Ahfid war siebzehn und hübsch, umwerfend hübsch. Ich war schon seit ein paar Wochen etwas verliebt in ihn, und deshalb ärgerte mich seine Gleichgültigkeit um so mehr. Dieses Verhalten kannte ich nicht. Ich hatte viele Cousins, die mich alle bewunderten, außer Ahfid. Allen Annäherungsversuchen ging ich freundlich aber bestimmt aus dem Weg, weil ich wusste, worauf sie es abgesehen hatten: auf eine Ehe mit der Tochter eines reichen Immigranten, denn in ihren Augen waren alle Gastarbeiter reich. Durch diese Ehe konnten sie nämlich einen Pass, ein Visum und eine belgische Arbeitsgenehmigung bekommen und vielleicht auch reich werden.

Und wer es nicht auf eine Ehe abgesehen hatte, wollte ein kleines Abenteuer mit einer bereitwilligen *romea*, um die Langeweile zu vertreiben, und darauf hatte ich erst recht keine Lust.

Ahfid war bis zu seinem fünfzehnten Lebensjahr zur Schule gegangen, hörte ich von seiner Schwester, dann hatte er sie plötzlich abgebrochen. Vielleicht weil sein Vater ihn bei der Arbeit auf dem Acker brauchte, damit er nicht allein den Lebensunterhalt für die große Familie verdienen musste, vielleicht aber wollten die Lehrer ihn loswerden, weil er arm war. Ich hatte keine Ahnung. Jeden Tag zog er in aller Frühe auf den Acker, um dort in der Erde herumzuwühlen. Deshalb bewunderte ich ihn noch mehr. Abends kam er verstaubt und verschwitzt zurück, machte sich frisch, aß mit uns und brach zu seinem Abendspaziergang auf. Nie sah ich ihn mit Freunden am Wasserbrunnen stehen, wo sich die Jugendlichen nach Sonnenuntergang trafen. Ich schwärmte still vor mich hin und wünschte mir, er würde mich ein bisschen beachten.

Und eines Tages, ich werde es nie vergessen, setzte er sich plötzlich zu mir, als ich im Innenhof Bennys Hose flickte. Ich nähte mit großen, unregelmäßigen Stichen, um so schnell wie möglich fertig zu sein, denn ich hasste Nähen. Als ich Ahfid auf einmal neben mir sah, wurden meine Hände feucht, und mir rutschte die Nadel fast aus den Fingern. Mein Herz raste.

»Du bist schön«, sagte er mit seiner tiefen, heiseren Stimme.

Ich wurde feuerrot. Er hatte es auf französisch gesagt, und ich hatte nicht einmal gewusst, dass er diese Sprache beherrschte. Sein Akzent hörte sich so hinreißend an, dass ich völlig dahinschmolz.

Einen Augenblick lang wusste ich nicht, was ich sagen sollte, doch dann fiel mir ein, dass er mich wohl für eine dumme Gans halten würde und antwortete schnell: »Du auch.«

Das war der Anfang unserer Freundschaft. Wochenlang hatten wir nebeneinander hergelebt, aber mit diesem einen Satz hatte er meine ganze Welt durcheinandergebracht. Wie gelähmt sah ich, dass er seine Hand nach mir ausstreckte. Er streichelte leicht meine Wange, dann stand er plötzlich auf und schlenderte davon, als wäre nichts passiert. Ich seufzte vor Glückseligkeit.

Von dem Moment an hatte ich wieder Interesse für die Dinge um mich herum. Ich sah die Tauben auf dem Dach, die bunte Wäsche an der Leine, die Blumen unterhalb der Mauer. Ich hätte vor Freude singen können. Er fand mich schön! Er hatte mich gestreichelt! Das Leben war herrlich!

Ich hatte keine Ahnung, wie lange ich dort vor mich hingeträumt hatte, als Tante mich zum Tee rief. Eigentlich war zwischen Ahfid und mir nichts Weltbewegendes vorgefallen, aber das Eis schien gebrochen. An diesem Abend sah er mich beim Essen unentwegt an, sagte später etwas über das Kleid, das ich trug, und für mich hörten sich seine Worte wie Musik an. Ich war bis über beide Ohren in ihn verliebt. Es war der erste Abend, an dem es mir leid tat, als alle schlafen gehen wollten.

Am nächsten Morgen badete ich ausführlich, wusch und kämmte mein Haar und zog mein bestes Kleid an. Den ganzen Tag freute ich mich auf Ahfid. Meine Wangen waren rot vor Aufregung, und Tante Fatima fragte einige Male, ob ich mich nicht wohl fühlte.

Fast singend verrichtete ich die Arbeiten, die Tante Fatima mir aufgetragen hatte. Ich kehrte den Hof, spülte die Gläser und legte die Bettwäsche zusammen. Ich holte sogar vier Eimer Wasser für meine Tante, die sich sehr darüber freute.

Ich negierte Sam, der mit mürrischer Miene herumlief und jeden anschnauzte. Irgendwie fand ich es sogar lustig, wie er sich benahm.

Nach dem Essen, das aus geschmorten Peperoni mit Zwiebeln und Brot bestand, hielt ich einen Mittagsschlaf, und als ich später meine Tante beim Zubereiten des Nachmittagstees half, erschien plötzlich Ahfid, viel früher als sonst. Er grüßte uns kaum, wie immer, und ging in sein Zimmer, um sich zu waschen.

Ich war etwas eingeschnappt, weil er mich nicht besonders beachtete, und das wurde noch schlimmer, als er sich so knurrig wie immer zu uns setzte und abwesend seinen Tee schlürfte, als wäre ich Luft.

Doch später, als sich jeder wieder an die Arbeit gemacht hatte und ich allein in der Küche die Gläser spülte, kam er herein.

»Dein Haar ist wunderschön!« sagte er und strich mir liebevoll darüber.

Durch seine Berührung spürte ich eine nie gekannte wohlige Wärme. Plötzlich nahm er meine Hand.

»Nadia?«

»Ja?«

»Du bist sehr schön.«

Mir wurde ganz schwindelig und sämtliche Probleme traten in den Hintergrund. Ich sah nur noch Ahfid. Seine Augen, seinen Mund, seine Hände.

Von diesem Tag an wartete ich nur noch auf den Abend, auf den Moment, an dem Ahfid auf den Hof erschien würde und mich mit seinem vielsagenden Blick verzaubern würde. Das machte jede Stunde des Tages erträglicher.

Es blieb bei zärtlichen Blicken, die mir das Blut in die Wangen jagten, oder einem flüchtigen Streicheln im Vorbeigehen, wenn es niemand sehen konnte. Früher hatte ich die Mädchen hier wegen ihres langweiligen Lebens bedauert, doch jetzt änderte ich meine Meinung. Da gab es zum Beispiel Malika, ein Nachbarmädchen, das sich in Youssef verliebt hatte. Sie trafen sich oft ganz zufällig bei den zahlreichen Verwandtschaftsbesuchen oder am Wasserbrunnen. Erst jetzt, wo ich selbst ebenso verliebt war wie sie, begriff ich, warum sie immer so fröhlich war.

Um Sam jedoch machte ich mir allmählich große Sorgen. Er versteckte sich nach wie vor hinter seiner schlechten Laune, ohne auch nur auf irgend jemanden Rücksicht zu nehmen. Er bemühte sich kein bisschen mehr, aus unserer Verbannung das Beste zu machen. Ich fand das sehr schlimm. Schließlich war auch er für uns verantwortlich. Auf unserer Flucht durch die Hügel hatte er gezeigt, dass er das durchaus konnte. Aber hier blieb er so lange wie möglich im Bett liegen, ließ sich hängen und kümmerte sich nicht im geringsten um Benny. Er klagte über Kopfschmerzen, litt an Durchfall und verfluchte das ganze Leben hier.

Nach dem Mittagessen kroch er sofort wieder unter seine schmuddelige Decke und blieb dort bis fünf Uhr, um dann wie ein mürrischer Igel wieder aufzutauchen. Ich konnte sein Verhalten nicht länger ertragen. Eines Tages riss ich ihm mit einem Ruck die Decke weg und schnauzte ihn an.

»Lass dich doch nicht so hängen, Sam!«

Die Wut in seinen Augen verriet mir deutlich, dass er meine Einmischung nicht wünschte. Er wollte in seinem Elend in Ruhe gelassen werden, aber ich hatte nicht vor zuzusehen, wie er vor die Hunde ging.

»Mama würde sich bestimmt freuen, wenn sie dich so sehen könnte!« fügte ich höhnisch hinzu.

Diese Bemerkung verletzte ihn, das konnte ich sehen, aber er fühlte sich wohl zu schlecht, um darauf einzugehen.

»Kümmer dich um deine Angelegenheiten«, sagte er lediglich.

»Das tue ich auch, aber ich würde mir wünschen, dass du nicht so unglücklich wärest.«

»Unglücklich! So was! Das ist doch allen egal.«

»Mir aber nicht. Und Mama auch nicht. Denkst du überhaupt auch mal an Benny? Ein schönes Vorbild bist du. Er läuft herum wie ein Wilder. Du könntest mit ihm Rechenaufgaben üben und lesen, damit er wenigstens versetzt wird.«

»Pff! Wer sagt, dass wir hier überhaupt wegkommen? Das ist doch alles völlig sinnlos.«

Sein verbitterter Ton machte mich rasend.

»Und was ist, wenn Mama ihn morgen holen lässt? Was wirst du dann sagen? Ja, was wirst du sagen, wenn sie fragt, was du für Benny getan hast?«

Er schwieg schmollend, aber dass er überhaupt schwieg war mehr, als ich erhofft hatte. Ich fing an, unsere Kleider aufzuräumen, die wir in einem großen Koffer aufhoben. Wenn man irgend etwas suchen musste, herrschte dort gleich Unordnung. Ich hatte inzwischen gelernt, dass Beschäftigung eine gutes Mittel war, um die Langeweile zu vertreiben, und dass man sich besser fühlte, wenn man einigermaßen Ordnung hielt.

Eine Stunde später sah ich, dass Sam mit Benny Rechenspiele machte, und setzte mich zu den Frauen, die bereits Tee tranken, obwohl Ahfid und die Männer noch auf dem Feld waren.

Eine meiner Cousinen band mir ein Tuch um den Kopf und sagte, dass sich das gehörte. Lächelnd ließ ich es zu, obwohl ich es hasste und es mir so schnell wie möglich wieder herunterreißen würde. Ein Kopftuch war das Symbol für ein dienstbares und sittsames Leben, und daran wollte ich mich nicht beteiligen.

Mit halbem Ohr hörte ich den Frauen zu, die sich über die jungen Mädchen im Dorf unterhielten und über ihre Aussichten auf eine gute Heirat. Alle Skandale wurden durchgehechelt, die geplatzten Verlobungen, die zu erwartenden Ehen. Solch ein Klatsch war für sie wie das Salz in der Suppe.

Hin und wieder heckten sie gemeinsam einen Plan aus, um einem bestimmten Mädchen zu einem Mann zu verhelfen, und die Mädchen ließen es willig über sich ergehen weil für sie die Ehe der einzige Lichtblick in ihrem Leben war. Sie lasen nicht und hatten keine anderen Interessen als den Haushalt und die Verwandtschaftsbeziehungen. Sogar Fernsehen reizte sie nicht. Sie sahen gelangweilt hin, als würde sie absolut nichts interessieren.

Ihr Leben war so einseitig verglichen mit unserem.

Plötzlich erschien Ahfid.

Mein Herz hüpfte vor Freude. Ich wachte aus meinen Überlegungen auf und lächelte ihm zu.

Besuch von Mama

Am nächsten Morgen hörte ich meine Verwandten flüstern, dass Mama angeblich in Zaio sei. Ich war schrecklich aufgeregt, und obwohl es nur ein Gerücht war, musste ich es sofort Sam erzählen. Als er es hörte, fingen seine Augen an zu strahlen.

»Bist du sicher?« fragte er stotternd vor Freude. »Von wem weißt du es?«

»Von der kleinen Nasika. Ich glaube nicht, dass sie das erzählen würde, wenn es nicht stimmte.«

»Du hast recht. Und eigentlich passt es zu Mama, dass sie selbst gekommen ist, um uns zu holen.«

Mir wurde etwas mulmig.

»Aber es wird ihr nicht gelingen, uns mitzunehmen. Sie hat die ganze Sippe gegen sich. Vielleicht schafft sie es nicht einmal, uns zu sehen.«

Sam sprang sofort auf, aggressiv wie immer.

»Das sollen sie mal versuchen, uns nicht zu ihr zu lassen!«

Mit großen Schritten stapfte er zum Feld, zu Onkel Aissa.

Ich fühlte mich niedergeschlagen. Ich wusste, dass wir nur nach Belgien zurückkonnten, wenn Mama den Scheidungsantrag zurücknehmen würde. Und das würde sie nie tun, auch nicht um Zeit zu gewinnen. Mama ist sehr standhaft und viel zu ehrlich, um sich bei wichtigen Dingen auf Kompromisse einzulassen. Diese Eigenschaft habe ich immer an ihr bewundert. Ich bin nicht so. Wenn ich etwas erreichen möchte, kann ich ganz schön Theater spielen, sogar lügen, wenn es sein muß, und meistens mit

Erfolg. Ich denke, dass die Menschen, die nicht zu so was bereit sind, es viel schwerer haben. Wie Sam zum Beispiel. Er ist genau so dickköpfig wie meine Mutter und gerät dadurch immer wieder in einen Konflikt. Einmal wollte er unbedingt ein Referat über den Islam halten, obwohl der Lehrer ihn gebeten hatte, sich für ein anderes Thema zu entscheiden. Das Ergebnis war eine schlechte Note.

»Dann kann ich diesen Dummköpfen endlich mal etwas über den Islam beibringen«, hatte er zu Hause höhnisch gesagt.

Sam ist stolz auf seine arabische Abstammung. Er befolgt Papas Aufforderungen zum Nachleben seiner Religion viel pflichtbewusster als ich, weil sie zum Teil mit seinen Prinzipien übereinstimmen. Er steht hinter bestimmten Grundsätzen aus dem Koran und verwirft sie nicht wie ich. Für mich ist die Religion eine einzige Last. Was Sam jedoch nicht gut findet, ist Vaters Zwang. »Religion lässt sich nicht erzwingen«, sagt er immer.

Ich sah Sam mit Onkel Aissa vom Feld kommen, gefolgt von Ahfid, der mein Herz auch heute schneller klopfen ließ.

Mein Onkel nickte mir mürrisch zu, dann verschwand er in den Schuppen, um sein Moped zu holen.

»Ihr bleibt hier!« befahl er mit ernster Miene. »Ich fahre nach Zaio, um nachzusehen, was los ist. Ich verspreche euch, wenn eure Mutter wirklich dort ist, sollt ihr sie auch sehen. Einverstanden?«

Unter ohrenbetäubendem Motorengeknatter fuhr er den Sandweg hinunter.

Sam lächelte.

»Siehst du? Jetzt kommt doch noch alles in Ordnung.«

Ich war mir aber nicht so sicher. Ahfid nickte mir aufmunternd zu, was mir das Blut in die Wangen trieb. Als Sam sich verzog, flüsterte er: »Ich werde dir helfen. Du sollst deine Mutter sehen. Vielleicht kannst du gleich mit ihr zurückgehen.«

Diese Idee schien ihm zwar keineswegs zu gefallen, aber es war lieb, dass er in erster Linie an mich dachte.

»Wenn du da bist, ist es auszuhalten«, hörte ich mich sagen. Dieses Geständnis zauberte ein Leuchten in seine Augen.

Er streichelte mir über das Haar und ging wieder zum Feld zurück, um seine Arbeit zu erledigen.

Onkel Aissa hatte sich bestimmt große Mühe gegeben, denn er kam mit Onkel Fouad im Auto zurück. Nach einer flüchtigen Begrüßung winkte Onkel Fouad uns zu sich und öffnete die Wagentür.

»Einsteigen!«

Er sagte es ziemlich mürrisch, aber das störte uns nicht. Seit Wochen waren wir auf dem Hof und freuten uns auf eine Abwechslung. Und vielleicht würden wir sogar Mama sehen! Benny sprang dreckig wie er war auf den Vordersitz.

»Wasch dich zuerst, Benny!« sagte ich streng.

Endlich brachte Onkel Fouad es fertig, ein wenig zu lächeln.

»Hör auf deine Schwester, Benny, denn in Zaio wartet jemand auf dich.«

Jetzt war ich sicher, dass Mama da war. Hüpfend vor Freude jagte ich Benny in unser Zimmer, wusch ihn so schnell es ging und zog ihm saubere Kleider an. Er schmollte wie ein beleidigtes Kind, und um das zu beenden, flüsterte ich aufgeregt: »Mama ist gekommen. Was sagst du dazu?«

»Mama?«

Für einen Moment kam es mir vor, als hätte er sie vergessen, als hätte er das Wort Mama noch nie gehört. Aber dann leuchtete sein Gesicht auf.

»Meinst du unsere Mama?«

»Ja, natürlich, verrückter Junge, unsere Mama. Komm, mach mal voran, sie wartet auf uns.«

Es wäre schrecklich, wenn diese Nachricht nur ein Vorwand wäre, aber daran wollte ich lieber nicht denken. Warum sonst hätte Onkel Fouad sich die Mühe gemacht hierher zu kommen?

Es war Freitagvormittag, halb elf. Als uns die heiße Luft durch das geöffnete Fenster ins Gesicht blies, brach uns der Schweiß aus. Unterwegs sahen wir alte Frauen mit Reisigbündeln und Wasserkrügen und ab und zu einige Kinder mit einer kleinen Schafherde oder einem Esel. Dann und wann trafen wir einen Laster, der Benzingestank und Staub ins Auto wirbelte.

Onkel Fouad sagte kein Wort. Sam und ich wechselten fragende Blicke. Ob sein Schweigen bedeutete, dass Mama gewonnen hatte und wir mit ihr nach Hause durften? Und wo war Papa?

»Hoffentlich ist jetzt alles geklärt!« flüsterte Sam mir auf französisch zu.

»Ja, hoffentlich«, antwortete ich, aber Onkel Fouad sah uns so streng an, dass wir verstummten.

Wir hielten vor Großmutters Haus. Sie öffnete selbst die Tür, sah aber sehr böse aus, ohne eine Spur von ihrer üblichen Herzlichkeit. Unwillig zeigte sie auf die Tür des schönen Zimmers, das selten benutzt wurde. An den Wänden standen Holzbänke mit Kissen, *sidaris,* und in der Mitte befand sich ein runder Tisch mit einer wunderschön gearbeiteten Holzplatte. Es war ein sehr vornehmes Zimmer, um zufällige Besucher zu beeindrucken.

Und in diesem Zimmer saß Mama!

Sie sprang sofort auf, als sie uns in der Türöffnung sah. Sam ging als erster auf sie zu, fiel ihr in die Arme und küsste sie.

Mama weinte. Sie hatte ziemlich viel abgenommen, und von ihrer Nase liefen zwei tiefe Furchen zu den Mundwinkeln. Ihr Gesicht hatte einen harten Ausdruck bekommen. Mir schossen die Tränen in die Augen.

Dann sah sie Benny eine Weile an und fing an zu lächeln. Ja, Benny sah wirklich großartig aus. Er war braungebrannt, größer und dicker geworden. Und er sah selbstbewusster aus. Er stürzte sich in Mamas Arme und schluchzte herzzerreißend los.

»Mama!«

»Mein Liebling!«

Ich versuchte mich zu beherrschen, doch als sie mich endlich an sich zog und mir ein paar nasse Küsse auf die Wangen gab, musste ich auch weinen.

»Mein liebes Mädchen. Du hast gut für die beiden gesorgt.«

Blitzartig fielen mir die täglichen Schrubbereien ein und meine vielen Bemühungen, die beiden aufzumuntern. Mama hatte recht. Ohne mich hätten meine Brüder viel mehr gelitten. Aber wie konnte sie das wissen? Und die Sorge für die beiden hatte auch mich selbst über Wasser gehalten. Und natürlich Ahfid, aber das brauchte Mama vorläufig nicht zu wissen.

Sie sah mich lange an.

»Du bist auch gewachsen«, sagte sie, und ich begriff sofort, dass sie nicht nur meinen Körper meinte.

Dann brachte Großmutter Tee. Mama hatte sich die Tränen weggewischt und war wieder so fröhlich wie früher. Alles schien fast normal zu sein.

Nachdem wir ihr alles über uns erzählt hatten, hörten wir endlich, was sich unterdessen in Belgien abgespielt hatte.

»Anfangs war ich überhaupt nicht misstrauisch«, sagte sie. »Ich habe gedacht, ihr seid noch in Frankreich. Aber als einer von Vaters Freunden erwähnte, dass ihr in Marokko seid, habe ich sämtliche Verwandten angerufen, um mich zu erkundigen. Ich habe bis dahin immer noch erwartet, dass ihr am Ende der Ferien wieder zurückkommen würdet. Die Reaktion von Onkel Hamid in Lille hat mich jedoch stutzig gemacht. Und dann stand plötzlich euer Vater vor meiner Nase und teilte mir seine Bedingung mit: auf die Scheidung zu verzichten oder euch nie mehr zu sehen. Stellt euch vor, ich konnte wirklich nichts dafür, aber ich habe ihn laut ausgelacht. So etwas tun zivilisierte Menschen doch nicht. Ich habe wirklich gedacht, euch ohne große Probleme zurückzubekommen und das Gesetz auf meiner Seite zu haben. Anfangs habe ich es nicht so ernst genommen.«

Mama machte eine Pause und sah traurig aus. Mit Spannung warteten wir auf die weitere Geschichte.

»Ich bin zu meinem Anwalt gegangen. Dann zu Bennys Arzt. Ich brauchte dringend einen Rat, aber sie haben beide gesagt, dass ich nichts unternehmen könne. Am nächsten Tag kam euer Vater zurück, um meine Antwort zu hören. Ich habe ihm ins Gesicht gespuckt und ihm verboten, noch einmal das Haus zu betreten. Dann bin zu einem Büro gegangen, das sich mit solchen Fällen auskennt, und dort hat man mir versprochen, alles Mögliche in die Wege zu leiten, um euch illegal nach Belgien zu holen. Gesetzlich gesehen sind auch sie machtlos.

Da aber alles so furchtbar lange dauerte und ich die Nase voll hatte, tatenlos zuzusehen und auf die gelegentlichen telefonischen Nachrichten zu warten, habe ich mir also ein Visum besorgt und etwas Geld geliehen, und hier bin ich! Ich konnte es zu Hause nicht mehr aushalten, ohne zu wissen, wie es euch geht. Jetzt bin ich immerhin etwas beruhigt, aber das Ganze kann noch eine Weile dauern. Für Benny gibt es jedoch schon eine Lösung. Hört gut zu, niemand darf es erfahren. In einigen Wochen wird eine belgische Dame kommen, um Benny zu holen. Sie wird so tun, als wäre er ihr Sohn. Danach seid ihr dran.«

Benny nickte fleißig, obwohl er unmöglich alles verstanden haben konnte.

»Hoffentlich verrät er nichts«, sagte Sam bissig.

Mama lächelte. »Das glaube ich kaum. Dazu ist er zu schlau, nicht wahr, Benny? Meinst du wirklich, dass er nicht versteht, was los ist? Psst, Großmutter kommt. Kein Wort über unser Gespräch! Sie denkt, dass ich nur gekommen bin, um zu sehen, wie es euch geht. Und wir sprechen ab jetzt Französisch, um kein Misstrauen aufkommen zu lassen, verstanden?«

Mama hielt wieder das Heft in Händen, so wie früher, und wir drei waren froh, nur nicken zu müssen.

Der Vogel ist ausgeflogen

Mama blieb drei Tage. Wir waren die ganze Zeit zusammen in Großmutters Haus, und manchmal kam es uns vor, als wären wir in Ferien. Mama hatte eine Art, die uns alle Sorgen vergessen ließ. Sie besorgte beim Apotheker Medikamente gegen Durchfall und kochte gute Sachen für uns. Unaufhörlich gab sie uns zu verstehen, dass alles in Ordnung kommen würde und wir vor allem Geduld haben sollten. Sie hatte einen großen Koffer mit persönlichen Dingen von zu Hause mitgebracht. Bücher, Spielsachen, auch mein Lieblingsnachthemd und einige hübsche Kleider, die ich sehr vermisst hatte. Erst wenn man eine Zeitlang vom gewohnten Leben ausgesperrt wird, weiß man, wie wichtig die einfachsten Dinge sind. Benny krähte vor Freude, als er seine Bauklötze und Autos sah, und Sam hatte Tränen in den Augen, als Mama seine Computerspiele auspackte. Stundenlang saßen wir neben dem Koffer mit den Überraschungen, obwohl er nur gewöhnliche Dinge enthielt. Mama gab uns auch etwas Geld und bat uns, es gut zu verstecken.

Onkel Fouad beobachtete uns fast unentwegt. Wenn wir das Haus verließen, kam er mit uns. Er bestand darauf, dass wir nur Französisch sprachen, und manchmal hatte ich den Eindruck, er wäre unser Gefängniswärter. Mama schlief allein im schönen Zimmer, wir bei Großmutter und den anderen Kindern, damit wir keine Gelegenheit hatten, mit ihr allein zu sprechen. Aber das Wichtigste wussten wir ja bereits. Sie würde Benny bald holen lassen, und dann wären wir dran. Wir hatten nicht den geringsten Zweifel, dass es ihr gelingen würde, ihr Wort zu halten.

Die Tage vergingen wie im Fluge. Wir gingen einkaufen, natürlich von einem Onkel begleitet, und besorgten für die ganze Verwandtschaft Geschenke, eine Sporthose für Benny, ein T-Shirt für Sam und eine Kette für mich. Als ich Mama fragte, woher sie das viele Geld hatte, kam etwas Missstimmung auf. Sie hatte doch auch das Flugticket bezahlen müssen und die Rechnung für die juristische Beratung. Mama stutzte einen Moment, und ich begriff, dass es ihr finanziell nicht besonders rosig ging. Dann lachte sie aber wieder übers ganze Gesicht und schob alle Probleme mit einer Handbewegung von sich.

»Ich habe etwas Geld geliehen, das habe ich ja schon gesagt. Wenn ihr wieder zu Hause seid, werde ich alles zurückzahlen.«

Später habe ich erfahren, dass sie eine große Hypothek auf unser Haus aufgenommen hatte. Dass sie ihre Schulden nicht zurückzahlen konnte und das Haus, in dem wir alle drei geboren und aufgewachsen waren, verkaufen musste.

Mamas größtes Anliegen schien es zu sein, uns während ihres kurzen Besuches genug Vertrauen zu geben, um die nächsten Wochen oder Monate tapfer zu überstehen. Ich spürte das. Ihre Anwesenheit wirkte wie ein Wundermittel, und ich konnte nur hoffen, dass die Wirkung lange anhalten würde.

Während dieser drei Tage wurde auch Sam wieder umgänglicher. Er hatte keinen seiner aggressiven Ausbrüche und versprach Mama, gut für uns zu sorgen. Er benahm sich wieder wie damals bei der Flucht durch die Hügel, als er alles tat, um uns in Sicherheit zu bringen. Ich bezweifelte jedoch, ob er sich an diese guten Absichten auf Onkel Aissas Hof, wo es ihm so schlecht ging, noch erinnern würde. Und Benny kriegte von Mama öfter einen Rüffel, weil er wild und ungezogen war. Sie bekam einen richtigen Schrecken, als sie sah, wie er sich aufführte. Sie schlug ihn nicht, aber ich sah ihr an, dass sie ihn in Belgien wieder in den Griff bekommen würde.

Am dritten Tag wollten wir nach dem Aufstehen zu Mama gehen, aber sie war verschwunden. Sie hatte sich nicht von uns verabschiedet, vielleicht weil sie es uns nicht noch schwerer machen wollte. Benny heulte. Er war untröstlich und lange Zeit sehr quengelig.

»Mama kommt bald wieder, Benny«, wiederholte ich ständig, aber er war so aufgebracht, dass er wütend nach mir trat.

Nach dem Frühstück brachte Onkel Fouad uns zum Bauernhof zurück. Er lässt kein Gras über die Sache wachsen, dachte ich gehässig. Wahrscheinlich hatte er Angst, dass Mama doch noch etwas ausgeheckt hatte, um uns heimlich mitzunehmen.

Wenn es Ahfid nicht gegeben hätte, wäre ich völlig verzweifelt. Aber sobald wir ankamen und ich ziemlich missmutig aus dem Auto stieg, kam er auf uns zugerannt, als wäre ihm der Teufel auf den Fersen. Er warf mir einen strahlenden Blick zu, der mir bis in die Fingerspitzen gut tat. Ich lächelte zurück.

Solange er hier war, würde ich es aushalten.

Wie jeden Morgen zog Sam wieder mit Onkel Aissa und Ahfid zum Acker. Er nahm einen Spaten mit, um beim Umgraben zu helfen. Er hatte einige recht naive Ideen über Bewässerung und Insektenbekämpfung, damit alles besser wachsen würde, aber Onkel Aissa schüttelte den Kopf und sagte, dass es so Allahs Wille sei.

Jeden Abend erzählte Sam mir seine Erlebnisse.

»Es gibt doch genug Wasser!« sagte er. »Man muß nur eine Methode finden, damit richtig umzugehen. Schau dir doch an, wie kümmerlich die Pflanzen aussehen, außerdem werden sie zur Hälfte von Insekten gefressen.«

Er dachte angestrengt nach, und als ich sein Gesicht betrachtete, fand ich, dass er mit einem Mal sehr erwachsen aussah. »In diesem Land gibt es viel zu tun«, überlegte er. »Hier braucht man Menschen, die Ahnung haben, die studiert haben. Die Männer hier klammern sich zu sehr an die alten Normen, sie gehen nicht mit der Zeit und denken, dass alles Gottes Wille ist. Aber im Koran steht deutlich, dass Gott denjenigen hilft, die auch selbst etwas tun, nicht denjenigen, die faul zuschauen und abwarten, was kommt.«

Mich erstaunt immer wieder, wie gut Sam sich in dieser Religion auskennt, während er es mit den vorgeschriebenen Gebeten nicht so genau nimmt. In Marokko betete ich jeden Tag, hauptsächlich um der Verwandtschaft eine Freude zu machen. Du lässt dich auf Kompromisse ein, würde Mama sagen. Aber ich machte es nicht, weil ich einen guten Eindruck machen wollte, sondern um ihnen zu zeigen, dass ich ihre Religion respektierte. Außerdem hatte Mama uns das Beten beigebracht.

Nach Mamas Abreise war Benny unruhiger als zuvor. Er weinte oft und weigerte sich zu essen. Ich hatte alle Hände voll zu tun. Ich rechnete und machte Schreibübungen mit ihm, aber er blieb ziemlich ungenießbar und fing wieder an zu husten. Wenn ich nachts seinen rauhen Asthmahusten hörte, hielt ich vor Angst den Atem an. Was sollten wir um Himmels willen machen, wenn er hier einen Anfall bekommen würde?

Hier lernte ich auch Brot zu backen und Kleider mit der Hand zu waschen. Das ist eine Henkersarbeit, aber mit der Zeit klappte es ganz gut. An den Rauch der Reisigbündel, über die in einer großen Pfanne das Brot gebacken wurde, konnte ich mich allerdings nicht gewöhnen. Man musste sich neben die Feuerstelle setzen, um die Fladen rechtzeitig zu drehen. Meine Tante machte das mit den Händen, ich mit einem Stock.

Tante Fatima mochte mich eigentlich ganz gern. Sie hatte durchschaut, dass es zwischen Ahfid und mir gefunkt hatte und ermutigte uns sogar. Aber sie behielt uns immer im Auge. Ausrutscher waren hier nicht besonders erwünscht. Unsere wachsende Zuneigung schätzte sie jedoch sehr. Es wurde sogar schon über eine Ehe gemunkelt.

Mir machte es Spaß, dass über uns geflüstert wurde, auch wenn ich wusste, dass eine Ehe ausgeschlossen war. Hier heiraten die

Mädchen oft schon mit dreizehn, aber ich finde das viel zu jung.

»Ich werde ein Haus für dich bauen«, sagte Ahfid eines Tages. «Und dort wirst du als meine Königin leben.«

»Ich möchte zurück nach Belgien und eine Ausbildung machen.«

Er nickte, aber ich sah ihm an, dass er das für ein Mädchen für überflüssig hielt. Und das gefiel mir überhaupt nicht.

»Eine Frau gehört in die Familie Sie wäscht und kocht und kümmert sich um die Kinder«, behauptete er.

»Es spricht doch nichts dagegen, dass sie auch noch andere Interessen hat, oder? Dass sie lesen, schreiben und rechnen kann? Dass sie etwas von dem versteht, was auf der Welt passiert, und Reisen macht, um andere Länder kennenzulernen?«

Darüber musste Ahfid lange nachdenken.

»Vielleicht«, sagte er diplomatisch, aber ich hatte den Eindruck, dass er da anderer Meinung war.

Das versetzte meiner Verliebtheit einen Dämpfer. Wenn er unbedingt eine unwissende Frau haben wollte, die nur kochen und spülen konnte, sollte er sich eine dumme Gans aus der Nachbarschaft suchen, dachte ich rebellisch. Gleichzeitig schämte ich mich, so zu denken. Und als Ahfid die Hand ausstreckte, um meine Wange zu streicheln, wischte er damit sämtliche Einwände weg.

Mama hatte gesagt, dass es einige Zeit dauern könnte, bevor es ihr gelingen würde, Benny holen zu lassen. Ich hatte mich also auf eine lange Wartezeit eingestellt. Als ich eines Tages Ali von weitem neben den Quittenbäumen sah, war ich deshalb sehr überrascht. Ob es eine Nachricht von Mama gab? Ob alles so schnell geklappt hatte? Sie war erst vor zwei Wochen nach Belgien zurückgekehrt.

Ich suchte mir einen Vorwand, um zum Acker zu gehen. Schließlich brauchte ich ja Gras für die Kaninchen, und das wuchs nur unter den Quittenbäumen. Niemand würde also Verdacht schöpfen.

Ich nahm schnell ein Messer und ging so unschuldig wie möglich zum Acker. Ali war schlau. Als er mich kommen sah, versteckte er sich zwischen den Sträuchern und wartete, bis ich einige Büschel Gras geschnitten hatte.

»Bring Benny morgen nachmittag um vier zu dieser Stelle«, sagte er dann.

»Holt Mama ihn?« fragte ich erschrocken.

»Sie hat eine belgische Frau geschickt, die in Nador auf ihn wartet. Ihr Sohn ist auch sieben und in ihrem Paß eingetragen. Benny reist an seiner Stelle. Sag ihm, dass er Rik heißt. Hörst du, Rik Vermeulen. Vergiss das nicht. Und er soll sich ganz ruhig verhalten.«

Ob Benny sich den Plan wohl merken konnte? Was würde passieren, wenn er plötzlich losheulen würde? Das wollte ich mir lieber nicht ausmalen. Ich rieb mir besorgt die Stirn, aber Ali nickte mir beruhigend zu.

»Hab keine Angst, es ist alles gut organisiert. Das Flugzeug startet um acht Uhr abends. Die Frau hat ein Beruhigungsmittel mitgebracht. Der Zoll und die Paßkontrolle in Oujda sind am gefährlichsten. Bei der Ankunft in Belgien erwarten wir keine Probleme. Sag deinem Bruder, dass er morgen wieder bei seiner Mutter schläft.«

Ali drehte sich um und verschwand zwischen den Bäumen. Ich hörte meine Tante rufen und eilte mit dem Gras zu den Kaninchen.

Niemand hatte etwas von meinem Gespräch mit Ali gemerkt.

»Du weinst aber nicht, Benny, hm?«

Er schüttelte störrisch den Kopf. Ich sah aber, dass er zweifelte, und fragte mich, ob es nicht zu viel von ihm verlangt war, sich völlig fremden Leuten anvertrauen zu müssen.

»Benny, hörst du mir zu?«

»Ja.«

»Heute nacht wirst du wieder bei Mama sein. Du darfst aber

nicht darüber sprechen. Wenn jemand nach deinem Namen fragt, sagst du, dass du Rik Vermeulen heißt. Wie heißt du also?«

»Rik Vermeulen.«

»Sehr gut. Es ist wie im Film. Du sollst deine Rolle gut spielen, Benny, und die lieben Menschen, die dir helfen wollen, nicht verraten.«

Ich und Sam redeten lange auf ihn ein. Ansonsten bemühten wir uns, so wie immer zu sein.

Um vier Uhr brachte ich Benny zu der Quittenplantage, wo Ali bereits auf uns wartete. Als Benny ihn sah, drückte er ganz fest meine Hand, aus Angst, denke ich. Hinter Ali sah ich einen Eselswagen, mit Stroh beladen.

»Du darfst dich unter dem Stroh verstecken, ist doch toll, oder? Ich wünschte, ich könnte mit dir gehen. Du bist ja ein richtiger Glückspilz.«

Bennys Augen fingen an zu strahlen.

»Geh jetzt«, sagte ich und stupste ihn leicht in den Rücken.

Als ich seine Hand losließ und ihn auf den Mann zurennen sah, fühlte ich einen Kloß im Hals. Durfte ich ihn ganz allein gehen lassen? Hoffentlich.

Ich sah, dass Ali ihn unter dem Stroh versteckte. Dann fuhr er davon.

Mir liefen die Tränen über die Wangen, als ich langsam zum Hof zurückkehrte.

Ein spannendes Theaterstück

Niemand hatte mich mit Benny weggehen sehen. Vorläufig würde man ihn nicht vermissen, aber wenn es dunkel wurde, würde man nach ihm fragen. Ich musste mir also etwas einfallen lassen, damit sie glaubten, dass Benny bereits schliefe. Wenn Onkel Aissa dahinterkommen würde, dass Benny verschwunden war, würde er in Zaio Bescheid sagen und den Flughafen alarmieren. Das durfte nicht passieren.

Ich winkte Sam, der am Brunnen Wasser holte.

»Wir müssen uns etwas überlegen, damit jeder glaubt, dass Benny schon schläft«, sagte ich mit vor Aufregung hochrotem Kopf . Sam dachte lange nach.

»Tja ...«

»Sie dürfen vor allem nicht in unser Zimmer gehen, um nachzuschauen.«

»Tja ...«

Plötzlich hatte ich eine glänzende Idee.

»Wann geht die Sonne unter?«

»Um sieben.«

»In einer Stunde also. Dann gehst du zum Beten in unser Zimmer und nimmst den schönen Wasserkrug mit.«

»Was hast du vor?«

»Du wirst schon sehen.«

Ich kriegte sogar Spaß an der Sache. Ich hatte immer schon eine Schwäche fürs Theaterspielen, und dies war eine Herausforderung, mir selbst zu zeigen, was ich konnte.

Es dauerte eine Ewigkeit, bevor es anfing zu dämmern, und ich stand Todesängste aus, dass mich jemand nach Benny fragen würde.

Endlich konnte ich Sam das vereinbarte Zeichen geben, und er ging artig mit seinem Gebetsteppich in unser Zimmer. Ich ließ ihm ausreichend Zeit für seine Gebete und wusch währenddessen meine Füße, wie es sich vor dem Beten gehörte. Dann stand ich mit unschuldiger Miene auf und ging auch in unser Zimmer.

Ahfid, den ich heute abend kaum beachtet hatte, zwinkerte mir zu, als ich an ihm vorbeiging.

Nachdem ich die Tür hinter mir zugemacht hatte, warf ich mit großer Wucht den Krug auf den Boden. Sam erschrak fürchterlich und zischte: »Was machst du bloß?«

»Du musst jetzt weinen, so wie Benny immer weint«, befahl ich ihm und klatschte gleichzeitig in die Hände, als würde ich jemanden verprügeln.

Sam brüllte los, und ich gab ihm nervös zu verstehen, dass er es nicht übertreiben sollte. Später sollten wir über diese Komödie lachen, aber in diesem Moment war es uns todernst.

Sofort nachdem ich den Krug zerschmettert hatte und anfing laut zu klatschen, hörte ich draußen aufgebrachtes Schreien. Feuerrot vor Anstrengung öffnete ich die Zimmertür und betrat mit den Scherben in der Hand den Innenhof. Sam jammerte noch eine Weile weiter. Er machte es großartig.

»Was ist passiert?« rief die Tante hysterisch.

Ich zeigte ihr die Scherben ihres Lieblingskruges.

»Benyounnes hat den Krug kaputtgemacht. Ich habe ihn tüchtig verprügelt«, zeterte ich wütend und fügte einige passende Schimpfworte hinzu, so dass alle mich entgeistert anschauten.

Es hatte sich sehr überzeugend angehört, erzählte Sam mir später.

»Hast du deinen Bruder wirklich geschlagen?« fragte mich eine meiner Cousinen betroffen, als würde sie selbst nie geschlagen werden.

Meine Tante wollte ins Zimmer gehen, wahrscheinlich um den Bengel zu trösten, aber damit hatte ich gerechnet und stellte mich resolut vor die Tür.

»Er hat es verdient, Tante, wirklich. Er hat es mit Absicht getan, weil er keine sauberen Kleider anziehen wollte. Wenn du ihn lässt, wird er sich bald wieder beruhigen.«

In diesem Moment drosselte Sam sein Gejammer zum Glück. Als Dank für sein perfektes Spiel würde ich ihm später einen Kuß geben.

Tante zuckte mit den Schultern und murmelte: »Ruf aber Sam, wir trinken gleich Tee.«

Da kam Sam auch schon mit seinem Gebetsteppich über der Schulter.

»Benyounnes schläft«, sagte er seelenruhig und warf mir gekonnt den Teppich zu.

An diesem Abend betete ich besonders andächtig und dankte Gott für seine Hilfe, denn jetzt stand fest, dass Bennys Verschwinden nicht vor dem Morgengrauen entdeckt werden würde.

Die ganze Nacht schlief ich sehr unruhig. Oft fuhr ich erschreckt hoch und schaute ängstlich auf die Tür, um mich davon zu überzeugen, dass niemand hereinkam. Man konnte die Tür nämlich nicht verriegeln. Auf dem ganzen Hof gab es nur einen Riegel, und zwar am Tor vom Innenhof. Ein Einbrecher hätte ein leichtes Spiel gehabt, denn man konnte problemlos von der Mauer auf das Dach klettern und so ins Haus kommen. Als ich für kurze Zeit wegdöste, hatte ich die schlimmsten Alpträume meines Lebens. Ich sah Benny weinend um Hilfe, brennend in einem abstürzenden Flugzeug, dann mutterseelenallein durch die Hügel streunend. Ständig rief er nach mir, bis ich schweißgebadet aufwachte. Ich wollte auf die Uhr schauen, doch es war zu dunkel. Wo waren die Streichhölzer bloß?

Geräuschlos versuchte ich, eine Kerze anzuzünden. Halb drei. Wenn alles nach Plan verlaufen war, müsste mein kleiner Bruder jetzt schon bei Mama sein. Ich betete, weil ich große Angst hatte, es könnte etwas schiefgegangen sein. Dann wäre ich schuld, denn ich hatte Benny mit einem Fremden weggeschickt.

Später muß ich doch noch geschlafen haben, denn als ich die Augen aufmachte, war die Kerze völlig heruntergebrannt, und ich hörte draußen die Hähne krähen.

Fünf Uhr. Unter der Tür fiel ein Streifen Tageslicht herein. Die ersten Menschen standen bereits auf. Ich hörte, dass ein Eimer geleert wurde, und das Stampfen einer Kuh, die nach draußen getrieben wurde. Allmählich wurde es also Zeit für den zweiten Akt meines Theaterstücks. Mit viel Lärm öffnete ich die Zimmertür.

»Benyounnes! Habt ihr Benyounnes gesehen?« schrie ich gespielt verzweifelt. Ich vergewisserte mich, dass man mein Schreien auch hörte.

Und tatsächlich, alle Türen wurden aufgerissen. Meine Tante kam mit offenen Haaren aus der Küche, wo sie sich gerade kämmte.

»Was sagst du, Nadia? Was ist los?«

«Ich glaube, dass Benyounnes verschwunden ist!«

Weinend setzte ich mich auf den Boden. Ahfid kam auf mich zu und legte mir seine Hand auf den Arm. Sam war auch schon aufgestanden und kam zusammen mit allen Cousins und Cousinen auf mich zu. Auch Onkel Aissa eilte entrüstet herbei. Ich wies in unser Zimmer und alle gingen hinein, um sich davon zu überzeugen, dass Benny wirklich nicht da war.

»Benyounnes ist tatsächlich verschwunden«, stellte Onkel fest. »Hast du eine Ahnung seit wann?«

Er sah mich misstrauisch an.

»In der Nacht natürlich. Er wollte es mir wohl wegen der Prügel heimzahlen.«

Tante schnalzte abfällig mit der Zunge.

»Wegen diesem blöden Krug hättest du ihn doch nicht so verprügeln müssen. Ahfid, Samir, Moustapha, Mounir, sucht Benyounnes. Er kann noch nicht weit weg sein.«

Wenn du wüsstest, dachte ich schadenfroh, und kniff die Augen zu, um meine Freude zu verbergen. Jetzt, wo es hell wurde, kehrte auch mein Selbstvertrauen wieder zurück. Natürlich hatte alles gut geklappt, und Benny schlief wohlbehütet in seinem eigenen Bett.

Mir wurde heiß vor Siegesfreude. Auch wenn Sam und ich bleiben mussten, Benny war jedenfalls gerettet.

Die Jungen schwirrten aus, um das verlorene Schaf zu suchen, auch der dreijährige Karmira. Ich blieb wie erledigt auf dem Boden sitzen, als könnte ich mich vor Schreck nicht rühren.

Plötzlich sprach Onkel mich an. Ich zuckte zusammen, da ich annahm, er sei mit den Jungen losgezogen.

»Wie war das bloß möglich?« fragte er. »Wie hat Benyounnes allein das Tor aufgekriegt? Falls er überhaupt heute nacht weggegangen ist und nicht bereits gestern abend.«

»Ich weiß nicht.«

Sein Ton warnte mich, weiterhin vorsichtig zu sein

»Hat er wirklich bei euch geschlafen?« fuhr er gnadenlos fort.

Ich hatte Onkel Aissa immer für einen begriffsstutzigen, ahnungslosen Bauern gehalten, weil er kaum den Mund aufmachte, weder lesen noch schreiben konnte und ziemlich ungehobelte Manieren hatte. Er kam und ging und schien sich kaum um den alltäglichen Trott auf dem Hof zu kümmern. Er aß und schlief, arbeitete wie ein Pferd und schlüpfte wie ein Schatten an mir vorbei. Ich hatte immer gedacht, ihn um den Finger wickeln zu können, weil er bis jetzt auf alle meine Wünsche eingegangen war.

In diesem Moment jedoch wurde mir klar, dass ich mich getäuscht hatte. Er war schlauer als er aussah, und vielleicht tat er absichtlich so gleichgültig, um alles beobachten zu können. Mir lief es kalt den Rücken herunter. Es war nicht auszuschließen, dass er mich kräftig verprügeln würde, wenn alles aufflog. Instinktiv duckte ich mich.

»Hat er bei euch geschlafen?« wiederholte mein Onkel jetzt strenger.

Ich nickte stumm und quetschte einige Tränen hervor, um glaubwürdiger zu wirken.

»Er kann unmöglich allein das Tor aufmachen, und wenn ja, hätten wir es hören müssen. Ich glaube auch nicht, dass er über die Mauer klettern kann.«

Onkel hatte recht. Das Tor war ein Schwachpunkt in meinem Theaterstück. Aber wenn die Aufregung um Bennys Verschwinden zunehmen würde, wäre das Rätsel mit dem Tor bald vergessen, dachte ich.

Mit Schrecken sah ich, dass Onkel Fouad in den Innenhof gefahren kam. Begleitet von einer dichten Staubwolke hielt er genau vor meinen Füßen.

Der Nachrichtendienst hatte also wieder ausgezeichnet funktioniert. Aber dass er jetzt schon wusste, dass Benny in Belgien war, erstaunte mich. Sam war von seiner Spürjagd noch nicht zurückgekehrt, so dass ich die erste Wut abkriegte.

Ich tat aber so, als wüsste ich von nichts.

»Dein Bruder ist weg!« pfiff Onkel Fouad mich an. »Und du hast ihm bei der Flucht geholfen.«

Ich tat immer noch, als wüsste ich von nichts.

»Was meinst du? Ja, natürlich weiß ich, dass er verschwunden ist, und ich mache mir große Sorgen. Aber warum schreist du mich so an, anstatt ihn zu suchen?«

Ich schluchzte los, dieses Mal wirklich aus Angst, weil Onkel Fouad außer sich vor Wut war.

»Dein verflixter Bruder ist in Belgien!« schrie er. Als ich das hörte, hüpfte mein Herz vor Freude. Alles war also gut gegangen! Benny hatte es geschafft!

»In Belgien? Wie ist denn das möglich? Heute nacht war er noch hier«, sagte ich verwundert.

»Mach mir bloß nichts vor. Ihr habt ihm geholfen, du und dein Bruder. Das Flugzeug ist schon um acht Uhr abgeflogen. Mit Benny an Bord. Und du wagst es, zu behaupten, dass er hier geschlafen hat. Er ist als Sohn einer Frau Vermeulen gereist.

Deine Mutter hat ihn entführen lassen, und du hast ihr dabei geholfen.«

Ich wurde fuchsteufelswild. Jetzt, wo alles aufgeflogen war, war es mir völlig egal.

»Entführt? Was heißt hier entführt? Benyounnes ist jetzt vielleicht bei Mama, aber dort gehört er auch hin. Wenn irgend jemand Kinder entführt, seid ihr es wohl.«

Ich zitterte vor Aufregung. Dann spürte ich einen Schlag im Gesicht.

Komischerweise beruhigte mich das. Ich hatte nicht damit gerechnet, von Onkel Fouad verprügelt zu werden. Ich wartete auf den nächsten Schlag, aber der blieb aus.

Onkel Fouad ließ anschließend seine Wut an Onkel Aissa aus und schleuderte ihm ordinäre Schimpfwörter an den Kopf. Onkel Aissa schrie zurück. Seine Kinder mischten sich in den Streit ein, und es entstand ein furchtbares Chaos.

Als Sam völlig unvorbereitet in diesen Hexenkessel kam, schlüpfte er durch die nächstbeste Tür ins Haus, um sich vor Onkels Wut zu schützen. Ich folgte seinem Beispiel und versteckte mich in der Küche. Die keifenden Stimmen dröhnten mir in den Ohren, und deshalb dauerte es eine Weile, bis ich merkte, dass ich nicht allein war.

In einer Ecke entdeckte ich Ahfid, der ein Stück Brot aß. Ich sprang vor Schrecken hoch. Er legte einen Finger auf den Mund, um mir zu zeigen, dass ich still sein sollte.

Flüsternd fragte er: »Hast du deinem Bruder bei der Flucht geholfen?«

Ob ich ihn ins Vertrauen nehmen konnte? Nein, lieber nicht, vermutlich war er auf Onkels Seite. So gut kannte ich ihn nun doch wieder nicht. Ich schüttelte also den Kopf und bemühte mich, einen niedergeschlagenen Eindruck zu machen. Mit zwei Schritten stand er neben mir.

»Ich werde dich nicht verraten. Ich weiß, dass du ihm geholfen hast, und das finde ich sehr mutig. Mach dir keine Sorgen,

Benyounnes ist jetzt bei eurer Mutter. Und für dich und Sam wird es auch nicht mehr lange dauern.«

Ich fing leise an zu weinen. Ahfid nahm mich in die Arme und küsste mich. Zum ersten Mal.

Von Sam getrennt

Dann geschah etwas, was ich immer schon befürchtet hatte. Onkel Fouad sagte, dass er Sam mitnehmen würde, und ich durfte nicht wissen, wohin. Unter Onkels strengem Blick packte ich wie gelähmt Sams Sachen ein, während mir die Tränen über die Wangen liefen.

»Mir reicht's, ich habe eure Spielchen satt!« zischte Onkel Fouad wütend. »Damit ist jetzt Schluß!«

Er hatte seit seiner Ankunft noch keine zwei Sekunden den Mund gehalten.

Die ganze Sippe quetschte sich in die Türöffnung, und ich verspürte große Lust, sie anzuschnauzen und zu fragen, ob sie vielleicht noch nie jemanden haben weinen sehen. Brüsk warf ich Sams Sachen in den Koffer. Das Geld, das Mama uns gegeben hatte, ließ ich in einer seiner Hosentaschen verschwinden, da ich sowieso nichts damit anfangen konnte. Mein Bruder schaute niedergeschlagen zu und brachte kein Wort heraus.

Dann war er weg, und ich blieb allein zurück. Tante hatte Tee gemacht, und alle schlürften vor sich hin. Dabei schnatterten sie unterbrochen darauflos und genossen es sichtlich, nicht selbst vom Getratsche betroffen zu sein.

In diesem Moment hasste ich sie und wusste nicht, wie ich mich verhalten sollte, da jetzt bekannt war, welche Rolle ich in der Angelegenheit gespielt hatte.

Später ging jeder wieder an seine Arbeit, und ich blieb allein im Innenhof zurück. Benny war weg, Sam auch. Mit wem sollte ich mich jetzt unterhalten? Ahfid war der einzige, der mir noch blieb.

Seufzend stand ich auf, um meinerTante beim Kochen zu helfen. Ich musste richtig gegen meine Lustlosigkeit ankämpfen. Ich stand morgens auf, half den Frauen, aß und lächelte Ahfid zu. Aber alle Kraft war aus mir gewichen. Zu den leichtesten Arbeiten musste ich mich zwingen, am liebsten hätte ich mich auf ein Schafsfell gelegt und wäre nicht mehr aufgestanden. Sehnsüchtig schweiften meine Augen immer wieder zu der Quittenplantage, um zu sehen, ob Ali dort stand. Ich verlangte so sehr nach einer Nachricht von Mama oder von Sam. Ich schrieb Mama einen langen Brief, wusste aber nicht, wer ihn abschicken sollte. Ich hielt Ausschau nach dem Händler, der auf seinem mit Süßigkeiten und Haushaltsartikeln vollgepackten Fahrrad die abgelegenen Höfe abklapperte. Ob ich ihm den Brief mitgeben könnte? Aber die Gefahr, dass er ihn in Zaio Onkel Fouad geben würde, war zu groß.

Weil ich so schlecht gelaunt war, mieden meine Cousinen mich, als hätte ich eine ansteckende Krankheit. Die ganze frühere Vertrautheit war verschwunden. Onkel Aissa hatte kein freundliches Wort für mich übrig und behandelte mich wie eine Putzfrau. Auch Tante Fatima schnauzte mich an, wenn ich ihrer Meinung nach meine Arbeit nicht gut oder schnell genug erledigte. Ihre Kinder ärgerten mich, wann immer sie nur konnten.

Ich hatte auch kein Zimmer mehr für mich allein, denn ein Mädchen allein in einem Zimmer war unvorstellbar. Sie hatten mich zu meiner Tante und den kleinen Kindern gesteckt.

Ich spielte öfter mit dem Gedanken wegzulaufen. Aber wie weit würde ich kommen? Ich hatte kein Geld, kannte mich in der Umgebung nicht aus und wäre außerdem völlig auf mich selbst gestellt. Und wenn man mich finden und zurückbringen würde, wäre ich noch schlimmer dran.

Ich hatte schrecklichen Hunger. Essen gab es zwar genug, aber es schmeckte mir nicht mehr. Ich hatte Appetit auf ein Steak und einen Berg Pommes mit Mayonnaise. Für ein gebratenes Hühnchen mit Reis und Currysoße hätte ich alles gegeben. Oder für ein Stückchen holländischen Käse.

Ich musste auf so vieles verzichten, und je länger ich darüber nachdachte, desto schlimmer wurde es. Außerdem hatte ich ständig Durchfall. Ich konnte mit niemandem darüber sprechen und hatte viel zu viel Zeit für Selbstmitleid.

Bis Tante Fatima sich eines Tages wegen meiner Lustlosigkeit Sorgen machte. Sie legte mir die Hand auf die Stirn und schrie erschrocken auf.

»Du bist ja krank, Mädchen. Du glühst.«

Fieberthermometer kannte man hier genauso wenig wie Medikamente gegen Fieber und Bauchschmerzen. Es gab einige Kräuter, die eine heilsame Wirkung haben sollten, aber daran wollte ich mich lieber nicht wagen. Es musste sehr ernst sein, bevor man in den Augen der Menschen hier krank genug war, zu einem Arzt oder ins Krankenhaus gebracht zu werden. Aber ich war ja eine *romea* und gehörte zur Verwandtschaft.

Eine Stunde später kam Onkel Fouad bereits mit dem Auto. Er sah mich prüfend an, aber mein furchtbares Aussehen überzeugte ihn anscheinend, denn er forderte mich auf, ins Auto zu steigen. Tante Fatima drapierte ihren weißen *haik* um Kopf und Körper und nahm ihren Schleier, um mich zu begleiten.

Ich war zu krank, um mich über den Ausflug zu freuen. Mit schweren Augen sah ich der vorbeiflitzenden Landschaft zu. Selbst das Ruckeln des Autos störte mich.

In Zaio wurde ich sofort zu einem Arzt gebracht. Zum Glück waren nur zwei Menschen vor mir. Als hätte er nichts Besseres zu tun, hockte Onkel Fouad die ganze Zeit neben mir. Tante Fatima ebenfalls. Mehr als je zuvor kam ich mir wie eine Gefangene vor.

Endlich wurden wir von einer Krankenschwester geholt.

Hinter einem Schirm maß sie die Temperatur und machte ein besorgtes Gesicht. Nachdem sie verschwunden war, schnappte ich mir das Thermometer vom Tisch: 41°.

Aus einem Nebenzimmer kam ein Arzt.

»Können Sie draußen warten?« fragte er Onkel Fouad.

Widerwillig gehorchte er. Meine Tante blieb fest entschlossen sitzen, als wollte sie keinen Schritt von mir weichen. Ob sie Angst hatte, dass ich abhauen würde? Oder befürchtete sie, dass man mir was tun würde?

Der Arzt untersuchte mich eingehend. Er machte sogar Röntgenaufnahmen mit einem modernen Gerät.

»Bronchitis«, diagnostizierte er.

Das erstaunte mich, da ich kaum hustete.

»Der Schleim sitzt sehr fest. Das Klima hier ist warm und trocken. Du sollst viel trinken, damit dein Körper genug Flüssigkeit bekommt.«

Ich verstand nicht alles von dem, was er noch sagte.

»Ich komme aus Belgien«, erklärte ich verlegen.

Seine Augen fingen an zu leuchten, und er sprach weiter auf französisch.

»Woher bekommt ihr das Trinkwasser?« fragte er.

»Aus einem Brunnen.«

Er schüttelte nachdenklich den Kopf.

»Ist es stillstehendes Wasser?«

»Nein, es wird von einem Motor hochgepumpt. Alle trinken es.«

»Europäer haben aber oft Probleme damit. Durchfall hast du ja auch, habe ich gehört, und nicht erst seit heute. Du bist am Austrocknen.«

Seine Stimme hörte sich so sympathisch an, dass mir die Tränen in die Augen traten.

Dann erzählte ich ihm unsere ganze Geschichte, von der Entführung, der ständigen Überwachung und von Bennys Flucht. Ich bemühte mich, es ganz kurz zu machen, damit meine Tante nicht misstrauisch wurde, denn sie sah sehr nachdenklich aus, räusperte sich und seufzte hin und wieder, aber traute sich wohl nicht, sich in das Gespräch einzumischen.

Der Arzt schnalzte mit der Zunge, nachdem er alles erfahren hatte.

«Wo ist dein Bruder Sam jetzt?« fragte er.

Ich zuckte mit den Schultern.

»Ich weiß nicht.«

»Ich könnte versuchen, euch zu helfen. Hat deine Mutter Telefon?«

»Ja, aber ich weiß die Nummer ihrer Arbeitsstelle nicht. Es gibt hier in Zaio einen Mann, der von der Sache Bescheid weiß. Er heißt Ali und ist im Laden von Haddou zu erreichen«, sagte ich schnell.

Plötzlich stand meine Tante auf.

»*Nemsjiw*, wir gehen, Nadia.«

Der Arzt sah sie streng an.

»Einen Moment noch, ich muss noch ein Rezept ausstellen. Eigentlich gehört ihre Nichte ins Krankenhaus.«

Es hörte sich etwas herablassend an, als würde er die verschleierte Frau in ihrem *haik* zutiefst verachten, und das hätte eigentlich auch mich verletzen sollen. Aber ich hatte keine Zeit, mich lange damit zu beschäftigen, denn der Arzt hatte mich auf eine Idee gebracht. Wenn ich wirklich so krank war, dass ich eigentlich ins Krankenhaus sollte, sollte es unbedingt ein gutes Krankenhaus sein. Und das gab es nur in Europa. Mein Tod oder meine Freiheit, sie sollten sich also entscheiden. Mit etwas Theaterspielen müsste es mir gelingen, meine Onkel so weit zu kriegen.

Während der Arzt das Rezept ausstellte, arbeitete mein Hirn auf Hochtouren. Das war meine Chance! Ich musste auf jeden Fall versuchen, in Zaio zu bleiben, in der Nähe des Arztes, der meine Kontaktperson sein würde.

Hinter einem Vorhang knöpfte ich mir gerade die Bluse zu, als ich Onkel Fouad hereinkommen hörte.

»Ihre Nichte ist sehr krank«, sagte der Arzt zu ihm. Trotz allem musste ich lächeln. »Sie hat 41° Fieber. In Europa würde sie längst in einem Krankenhaus liegen. Sie sollten dafür sorgen, dass sie nur sauberes Wasser zu trinken bekommt, notfalls müssen Sie welches kaufen. Ansonsten nicht zuviel Öl, aber Eier, Fleisch und frisches Gemüse. Können Sie das besorgen?«

Onkel nickte.

»Und sie braucht viel Ruhe. Dreimal täglich muß sie eine Tablette einnehmen, der Apotheker wird es auf die Schachtel schreiben, und vier Esslöffel von dem Hustensaft. Ich gebe Ihnen außerdem noch einige Vitaminkapseln für sie mit.«

Als ich hinter dem Vorhang hervortrat, warf mir Onkel Fouad einen besorgten Blick zu. Um alles noch etwas schlimmer zu machen, presste ich ein gequältes Lächeln hervor.

»Wenn sie in drei Tagen nicht gesund ist, möchte ich sie noch einmal sehen.«

Fouad nickte stillschweigend.

Ich nahm mir fest vor, nicht gesund zu werden! Auf meinen Wunsch hin brachten sie mich zu Großmutter. Plötzlich war ihnen nichts zu viel. Ich wurde auf ein weiches Sofa plaziert, und man gab mir ein sauberes Leintuch zum Zudecken. Großmutter brachte Tee mit Zitrone.

Ich tat mir selbst unendlich leid. An diesem Tag war ich ziemlich müde und wollte viel schlafen, aber am nächsten Morgen fühlte ich mich dank der Medikamente wieder recht fit und hatte Lust aufzustehen. Aber ich gab nicht nach. Ich blieb den ganzen Tag liegen und stöhnte vor mich hin. Ich lehnte das Essen ab und nippte nur hin und wieder am Tee. Die Zeit verging kaum. Normalerweise gebe ich nicht schnell zu, krank zu sein, und es muss sehr ernst sein, bevor ich mich ins Bett lege, im Gegensatz zu den meisten Mädchen und Frauen in der Verwandtschaft, die auf diese Weise vorübergehend den nervenaufreibenden täglichen Arbeiten und Verpflichtungen ohne jegliche Aussicht auf Veränderung oder Verbesserung aus dem Wege gingen. Kochen, spülen, kehren, waschen, es war alles sehr zeitaufwendig, undankbar und erschöpfend, noch dazu die unerträgliche Hitze und die äußerst primitiven Bedingungen. Und nie bedankte sich einer bei ihnen.

Wenn ein Mädchen seine Periode hatte oder einen hässlichen Pickel bekam, vielleicht auch nur einen Anflug von Bauch- oder Kopfschmerzen spürte, war das Grund genug, sich auf ein Schafsfell zu legen und die Decke über den Kopf zu ziehen. Erstaunlicherweise ließ man sie dann in Ruhe und bediente sie nach ihren Wünschen.

Manchmal fragte ich mich, ob die Mädchen und Frauen bewusst in ihre eingebildeten Krankheiten flohen oder ob sie sich wirklich krank fühlten. Sicher war, dass sie insgeheim unter einer Decke steckten, um sich ab und zu vor der von Männern beherrschten Welt zu schützen.

Onkel Fouad und Onkel Omar besuchten mich von Zeit zu Zeit, wie auch die übrigen Verwandten. Abends erschienen Ahfid und Onkel Aissa an meinem Bett, aber Großmutter schickte Ahfid sofort aus dem Zimmer, da sie es nicht passend fand, dass ein junger Mann ein Mädchen im Nachthemd sah. Ich musste mir das Lachen verkneifen, vor allem als ich Ahfids beleidigtes Gesicht sah. Aber er würde nicht im Traum daran denken, Großmutter zu widersprechen. Mir fiel immer wieder auf, mit wie viel Respekt die Marokkaner alte Menschen behandelten. Natürlich waren die Männer die unumstrittenen Herrscher, aber Großmutters Macht, die erhabener und unterschwelliger war und sich auf jahrelange Dankbarkeit und Zärtlichkeit stützte, war nicht zu unterschätzen.

Am zweiten Tag meiner Krankheit war Großmutters Haus voll von Menschen. Sie würden tagelang in meiner Nähe bleiben. Für sie alle musste gekocht werden. Ich wollte lieber nicht an den Stapel mit Decken denken, der jeden Morgen weggeräumt werden musste. Zum Glück hatte ich damit jetzt nichts am Hut. Ich lag im kühlen Gästezimmer, in dem auch Mama geschlafen hatte, und fühlte mich schlapp vor Hunger.

»Geht es dir wieder etwas besser, mein Mädchen?« flüsterte Großmutter plötzlich neben meinem Ohr. Ich erschrak, weil ich sie nicht hatte kommen hören. Ob sie bemerkt hatte, dass es mir wieder besser ging? Sie war sehr schlau. Deshalb fing ich an zu stöhnen und zu keuchen.

»Mein armes Mädchen.« Sie legte mir eine Hand auf die Stirn.

Ihre Hand war kühl und weich, und ich fühlte einen Kloß im Hals. Ich habe Großmutter sehr lieb. Dass sie uns hier festhielt, konnte nur bedeuten, dass sie Vaters Plan gerecht fand und davon überzeugt war, dass Mama als geschiedene Frau uns direkt in die Hölle bringen würde.

Abends versammelten sich alle Verwandten am anderen Ende des Zimmers, um sich zu beraten. Ich hörte vage ihre Stimmen. Manchmal konnte ich Gesprächsfetzen auffangen: Sie will überhaupt nichts essen ... sie ist schwach ... seht mal, wie sie aussieht ... sie hat bestimmt noch hohes Fieber ... Vater warnen ... morgen sollte sie wieder zum Arzt ...

Onkel Omar kam leise auf mich zu.

»Hört mal, sie phantasiert im Schlaf« flüsterte er.

Ich wälzte mich hin und her und murmelte Sams Namen. Aber Onkel tat, als hörte er das nicht.

Nach Sonnenuntergang setzten sie sich zum Essen ins Nebenzimmer. Ich starb fast vor Hunger und wusste, dass ich nicht noch solch einen langweiligen Tag überstehen würde. Warum aber sollte ich länger ruhig liegenbleiben? Es würde mehr Eindruck machen, wenn ich mich hören ließe.

Ohne lange nachzudenken, fing ich an zu rufen und zu kreischen. Und tatsächlich, einer nach dem anderen kam besorgt und ängstlich herbeigeeilt. Ich übertrieb maßlos und hielt sie stundenlang auf den Beinen. Als sie dachten, dass ich endlich eingeschlafen war, bekam ich plötzlich Alpträume. Aber als sie vom Krankenhaus sprachen, hörte ich auf, Theater zu spielen, denn ich wollte nicht ins Krankenhaus! Ich wollte zum Arzt!

Das gelang mir auch. Onkel Omar brachte mich mit dem Auto, obwohl der Arzt nur zwei Straßen weiter wohnte, weil ich vortäuschte, keinen Schritt gehen zu können. Ich wurde wie ein Notfall behandelt und durfte vor den wartenden Patienten ins

Sprechzimmer. Der Arzt erschrak, als er mich wie einen Sack in Onkels Armen liegen sah. Ich zwinkerte ihm heimlich zu, und sein besorgter Blick verschwand schlagartig. Er nickte unmerklich und schickte alle, außer der Krankenschwester, aus dem Zimmer. Onkel und Tante gehorchten widerwillig.

»Wie geht's?« fragte der Arzt, als wir allein waren.

»Schon viel besser«, sagte ich wahrheitsgemäß.

»Trotzdem untersuche ich dich.«

Er horchte meine Brust ab und schaute mir in den Hals. Dann nahm er die Temperatur.

»37°! Mmh.«

»Haben Sie schon mit Ali gesprochen?« fragte ich, weil ich meine Ungeduld nicht länger verkneifen konnte.

»Ja, und ich habe auch mit deiner Mutter telefoniert. Ihre Nummer habe ich von Ali bekommen. Deinem kleinen Bruder geht es gut. Sie wünscht dir viel Kraft. Ich habe ihr allerdings nicht gesagt, dass du ernsthaft krank warst, um sie nicht unnötig zu beunruhigen. Sie findet es sehr schlimm, dass man Sam und dich getrennt hat. Ali hat das auch nicht gewusst, aber er will versuchen herauszufinden, wohin man ihn gebracht hat. Wenn er das in Erfahrung gebracht hat, wird er mir Bescheid sagen. Du kannst jederzeit zu mir kommen.«

»Wie kann ich mich bloß bei Ihnen bedanken?«

»Indem du gesund bleibst. Du sollst sauberes Wasser trinken, viel Eier und Gemüse essen und Öl vermeiden. Sei vorsichtig mit Wassermelonen.«

Als er meinen spöttischen Blick sah, fing er an zu lachen.

»Ja, ich weiß, dass das schwierig ist. Die Menschen sind arm. Aber dein Onkel Fouad ist vernünftiger als die meisten anderen, und Geld hat er auch. Er wird schon gut für dich sorgen. In Ordnung?«

Ich nickte. »Falls Sie noch mal mit meiner Mutter sprechen, sagen Sie ihr dann bitte, dass ich … dass ich sie sehr vermisse? Und dass sie sich beeilen soll!«

Als ich das sagte, traten mir die Tränen in die Augen. Schnell wischte ich sie weg und bemühte mich zu lächeln. »Und Sie sollen ihr auch sagen, dass Sam und ich uns zu helfen wissen. Aber das weiß sie eigentlich auch so.«

Ich sah Bewunderung in seinen Augen, und das gab mir Mut.

Ein Stückchen gegrilltes Schaffleisch

Einige Tage später wurde ich zu Onkel Aissas Hof gebracht. Ich hatte wahrscheinlich doch nicht überzeugend genug Theater gespielt, denn Onkel Fouad hatte Lunte gerochen. Nach meinem nächsten hysterischen Anfall brachte er mich nämlich zu einem anderen Arzt, der nach einer flüchtigen Untersuchung meinte, ich sei so gesund wie ein Fisch im Wasser. Ich hätte ihn erwürgen können.

Diese Gelegenheit hatte ich leider verpatzt, aber trotzdem war ich froh, wieder in Ahfids Nähe zu sein.

Ich machte mich sofort an die Arbeit, denn die Schwerkranke zu spielen brachte mich auch nicht weiter. Außerdem fühlte ich mich schlecht dabei. Ich würde Mama am besten helfen, wenn ich gesund und jederzeit fluchtbereit war, wenn sie Hilfe schicken würde.

Um Sam machte ich mir jedoch große Sorgen. Er spukte mir andauernd im Kopf herum.

Nach meiner Wiederkehr wurde ich zunächst mit Zurückhaltung behandelt, als wäre ich eine zum Tode Verurteilte, die unerwartet zurückgekehrt war. Keiner tat zwar herablassend, aber alle waren sehr distanziert. Ich spürte überdeutlich, dass während meiner Abwesenheit ausgiebig über mich getuschelt worden war. Meine Cousinen machten einen großen Bogen um mich oder gingen mir völlig aus dem Weg.

Nach dem Mittagessen ging ich mit einigen Blusen in den Innenhof, schüttete Wasser und etwas Waschpulver in einen Zuber und fing an zu waschen. Tante Fatima sagte nichts, aber als ich aufstand, die Blusen am Brunnen auszuspülen, kam sie geschwind mit einem Haufen Kleider angelaufen.

»Kannst du diese Sachen für mich waschen, Nadia?« fragte sie. »Ich sehe, du machst es ganz geschickt. Ich selbst bin mit dem Zaun beschäftigt.«

Ich nickte. Sie und die Kinder hatten den ganzen Tag Äste herbeigeschleppt, um die Einzäunung für die Schafe zu reparieren. Ich fand, das sei Männerarbeit. Ich nahm ihr die Kleider ab und schrubbte fröhlich darauflos. Von Anfang an hatte ich unsere Kleider selbst gewaschen, alle drei Tage, damit es nicht zu viel auf einmal wurde. Jetzt lag ein unübersichtlicher Haufen Kleider, Unterwäsche, Hemden und Hosen neben mir ... Es nahm kein Ende!

Nach einer Stunde bedauerte ich es sehr, die Arbeit angenommen zu haben, aber da alles in der Lauge und im Bleichwasser lag, konnte ich nicht aufhören. Ich wrang und rieb, bis mir die Hände weh taten, und als die anderen Tee tranken, nippte ich schnell von meinem Glas und machte weiter

Als die Männer nach Hause kamen, nickte Ahfid mir liebevoll zu, bevor er in sein Zimmer verschwand, um sich zu waschen. Jeden Abend verlangte er einen Eimer Wasser und frische Kleider. Gewöhnlich schätzte ich seine Sauberkeit sehr, aber nachdem ich mich durch den Wäscheberg gekämpft hatte, fragte ich mich, ob es richtig sei, den Frauen so viel Arbeit aufzubürden. Onkel Aissa lief doch auch tagelang in den gleichen Kleidern herum. Die waren danach zwar viel dreckiger, aber waschen musste man so oder so.

Mit einem breiten Grinsen warf Ahfid seine schmutzigen Sachen auf die saubere Wäsche. Ich sprang entsetzt auf.

»Blödmann! Das ist doch alles schon sauber! Falls du erwartest, dass ich deine Sachen jetzt auch noch wasche, hast du dich getäuscht.«

Vor allem die Art, wie er mir die Kleider hingeworfen hatte, ärgerte mich maßlos. Was bildete der Kerl sich eigentlich ein!

Dann sah ich, dass Ahfid mir die Zunge rausstreckte und losprustete. Er wollte mich also absichtlich ärgern. So ein Witzbold!

Ich rief eine meiner Cousinen, um mit mir zusammen die zwei vollen Bottiche zum Brunnen zu tragen, damit ich alles ausspülen konnte. Eine freundliche Nachbarin half uns dabei. Von weitem schaute Ahfid zu. Es dämmerte bereits, ich sah seine Zigarette aufleuchten. Am liebsten würde ich die Wäsche liegen lassen und ihn von hinten überfallen, um mich an ihm zu rächen.

Ahfid entfernte sich vom Hof und schlug den Weg zum nächsten Dorf ein. Inzwischen war es stockdunkel geworden, er würde mich also nicht kommen sehen. Ich musterte meine beiden Begleiterinnen. Vielleicht könnte ich sie überlisten, denn freiwillig würden sie mich nicht gehen lassen. Ich stand auf und klopfte meine Kleider ab.

»Ich muß kurz weg«, murmelte ich.

Sie nickten, ohne von ihrer Arbeit aufzuschauen. Wahrscheinlich nahmen sie an, dass ich zur Toilette musste.

Absichtlich verschwand ich in die entgegengesetzte Richtung wie Ahfid und machte einen großen Bogen um den Bauernhof, bis ich den Sandweg erreichte. Dort schlenderte Ahfid ganz gemächlich, als hätte er alle Zeit der Welt.

Ich versteckte mich hinter einem Strauch, um dort einen geeigneten Moment abzuwarten, ihm einen Schrecken einzujagen. Aber seine Ohren waren geübt, das leiseste Geräusch wahrzunehmen, und er drehte sich zu mir um.

»Nadia?« flüsterte er.

Wie hatte er mich bloß erkannt? Enttäuscht verließ ich mein Versteck.

Er breitete die Arme aus. Zunächst zaudernd, doch plötzlich ganz sicher ging ich auf ihn zu, und er schloss mich in seine Arme.

Nie zuvor waren wir so dicht zusammen gewesen und noch dazu ganz allein, ohne die misstrauischen Blicke von Tante und Cousinen. Er streichelte mir übers Haar und flüsterte liebevolle Worte in mein Ohr. Dann küsste er mich.

Ich genoss es. Hand in Hand gingen wir schweigend weiter, bis zu einem Hof, wo noch Licht brannte. Nie werde ich das schwindelerregende, wunderbare Gefühl vergessen, das mich durchströmte, als ich so dicht bei ihm war und wir von der Dunkelheit geschützt wurden.

»Nadia«, sagte er dann heiser. »Ich liebe dich.«

Ich sah seine großen Augen aufleuchten und nickte. Aber ich sagte nichts. Verlegen zog ich ihn mit mir.

»Wir sollten zurückgehen.«

Langsam schlenderten wir den Sandweg hinunter. Als ich die Lichter von Onkel Aissas Hof sah, riss ich mich los und rannte davon.

Völlig verschwitzt stürmte ich in den Innenhof. Die Cousinen waren dabei, die Wäsche aufzuhängen. Die beiden Petroleumlampen spendeten zum Glück nur ein spärliches Licht, so dass niemand mein rotes Gesicht sehen konnte.

Doch Tante war misstrauisch und fragte streng: »Wo ist Ahfid?«

»Ich weiß nicht«, antwortete ich gelassen.

Dann half ich den Mädchen beim Aufhängen, damit ich meine Verwirrung überspielen konnte.

Am nächsten Morgen näherte sich ein Auto mit belgischem Nummernschild unserem Hof. Meine Hoffnung bekam jedoch schnell einen Dämpfer, denn es waren Marokkaner, die in Europa arbeiteten und die Sommerferien bei ihren Verwandten verbringen wollten. Mit Schrecken wurde mir bewusst, dass es bereits Juli war.

In der Nähe von Onkel Aissas Hof befanden sich einige kleine Schafhöfe mit winzigen Grundstücken. Die primitiven Häuser standen kreuz und quer um den Wasserbrunnen herum, man konnte kaum von einem Dorf sprechen. Es gab keinen Laden und auch keine Moschee, und die Schule war drei Kilometer entfernt. Die armen Bauern hielten einige Hühner, Schafe, Ziegen und einen Wachhund. Ihre Söhne arbeiten in der Regel in der Stadt. Diejenigen, die ein Auto besaßen, benutzten es als Taxi, um etwas dazuzuverdienen oder um Waren aus Spanisch-Marokko zu schmuggeln, das nicht weit weg war. Die älteren Menschen wurden von ihren Kindern unterstützt. In jeder Familie gab es mindestens einen Sohn, der in Europa arbeitete und regelmäßig Geld schickte, von dem sehr sparsam gelebt wurde.

Die Ankunft der ersten Urlauber brachte neues Leben ins Dorf. Es wurde geputzt, gekocht, genäht und getratscht. Die Menschen hier freuten sich das ganze Jahr auf diese Unterbrechung in ihrem täglichen Trott. Man besuchte sich, verteilte Geschenke, und es fanden Hochzeiten statt.

Ohne es zu wollen, wurde ich von ihrer Begeisterung mitgerissen. Ich war zwar nicht auf Geschenke aus, aber auf Abwechslung. Und auf Neuigkeiten. Vielleicht würde ich Gelegenheit bekommen, etwas in Erfahrung zu bringen, vielleicht würde ich sogar jemanden finden, der mich mitnehmen wollte.

An einem Nachmittag zog Tante Fatima ihr schönstes Kleid an. Sie rief zwei ihrer Töchter und ihren jüngsten Sohn zu sich und ging mit ihnen breit lächelnd zur anderen Seite des Sandweges, wo sie einige Gäste besuchen wollte. Über ihren Kopf hatte sie ein großes Handtuch drapiert, denn im Dorf brauchten die Frauen keinen Schleier zu tragen. Hier ging alles etwas unkonventioneller zu als in der großen Stadt. Außerdem waren fast alle miteinander verwandt.

Onkel Aissa bestand darauf, dass ich zu Hause blieb. Ob er befürchtete, dass der Kontakt mit den Urlaubern mich auf Fluchtgedanken bringen würde? Oder wollte er verhindern, dass jemand herausfinden würde, dass die Tochter von Mohammed Zerouali entführt worden war? Ich lächelte hämisch. Er konnte mich unmöglich zwei Monate lang versteckt halten.

Zur Begrüßung der Gäste war ein Schaf geschlachtet worden. Der Duft von gebratenem Fleisch drang in meine Nase. Es würde außerdem *gringos*, Pfannkuchen, geben, und *couscous* und Eier.

Eine richtige Schlemmerei also. Mir lief das Wasser im Mund zusammen, als ich an das gegrillte Fleisch dachte, aus dem das Fett das Kinn hinuntertropfen würde.

Als Ahfid früher als sonst nach Hause kam, erzählte ich ihm von meinen Gelüsten. Ich hatte Tee gemacht und schenkte für die Männer ein. Dann setzte ich mich sogar neben Ahfid, denn wenn die Frauen weg waren, nahm man das nicht so genau. »Hast du Appetit auf gegrilltes Schaffleisch?« fragte er absichtlich so laut, dass alle es hören konnten.

Ich nickte ernst. Das Funkeln in seinen Augen gefiel mir nicht. Er hatte sich mit Kartoffeln und Zwiebeln wahrscheinlich längst abgefunden, ich aber nicht.

Zu meinem Verdruß fing Onkel Aissa an zu lachen.

»Unsere Nadia hat Lust auf Schaffleisch? Dann sollten wir ein Schaf schlachten, Ahfid.«

Alle hatten großen Spaß. Ich verbiss mir meine Wut. Wie wagten sie es, so zu lachen, während ich fast vor Hunger starb.

Der Fleischduft machte es nur noch schlimmer. Tante Fatima würde jetzt fröhlich drauflos mampfen.

Als ich im Begriff war, das Abendessen zu richten, hielt mein Onkel mich auf.

»Mach dir keine Mühe, Nadia, wir gehen auch rüber.«

»Und ich? Was soll ich essen?«

Meine Verzweiflung schien ihn zu rühren, denn er legte mir einen Arm um die Schulter.

»Ahfid wird sich darum kümmern.«

Lachend zogen die Männer ab. Ich blieb mit zwei Cousinen und einem Cousin zurück. Leise vor mich hin fluchend wärmte ich die Kartoffelreste vom Mittagessen auf und aß widerwillig davon. Danach legten die Kinder sich schlafen. Nach dem Aufräumen beschloss ich, die Zähne zu putzen und ihrem Beispiel zu folgen.

Plötzlich kam jemand mit einer Petroleumlampe auf das Haus zu. Das Tor war nicht verriegelt, und ich war ganz allein im Innenhof. Ob es ein Einbrecher war?

Aber es war Ahfid, der mir etwas Warmes überreichte, das er in ein Handtuch gewickelt hatte. Ich riß das Tuch weg. In meiner Hand lag eine große, dampfende Schafkeule, triefend vor Öl.

Während ich gleichzeitig weinte und lachte, biss ich gierig in das Fleisch. Ahfid holte mir ein Stück Brot.

»Wie lieb von dir«, sagte ich zwischen zwei Bissen.

Er nickte und schaute mir zu. Dann beugte er sich nach vorne und küsste mir den Hals.

Kurz darauf kam Tante Fatima fröhlich und zufrieden nach Hause, gefolgt von den anderen. Sie setzten sich in den Innenhof, und ich brachte ihnen Tee.

Bis nach elf Uhr unterhielten sie sich über die Gäste. Meine Tante wusste genau, was sie alles mitgebracht hatten. Ein Radio, Decken, eine glänzende Kaffeekanne, schöne Gläser, eine Uhr. Ihre Augen glänzten vor Neid. Die Menschen hier waren verrückt nach diesen Dingen, weil sie selbst kaum etwas kaufen konnten.

Ich gähnte. Das viele Fleisch hatte mich schläfrig gemacht. Ich stand auf und ging in Tantes Zimmer. Als ich die Tür öffnete, hörte ich das geräuschvolle Atmen meiner Cousinen, die bereits tief schliefen. Im ungelüfteten Zimmer roch es muffig. Seufzend legte ich mich auf mein Schaffell. Trotz allem musste ich lächeln ...

Nachricht von Sam

Am frühen Morgen wachte ich mit heftigen Bauchschmerzen auf. Lauschend blieb ich liegen. Es war noch niemand aufgestanden. Trotzdem musste ich nach draußen, da ich zur Toilette musste.

Ohne eine Kerze anzuzünden tastete ich nach meinem Kleid. Das einzige, was ich hörte, war Tante Fatimas Schnarchen.

Draußen war es kühl, und ich sog die frische Luft in mich hinein. Die Hähne krähten, und ein Hund knurrte. Ansonsten schlummerte die Welt noch. Über den Dächern erschien bereits ein heller Streifen, gegen den sich die Umrisse scharf abhoben.

Ob ich es wagen sollte? Der Riegel am Hoftor machte viel Krach …

Vorsichtig nahm ich den Eisengriff und schob den Riegel zurück. Das Quietschen ging einem durch Mark und Bein. Ich rechnete jede Sekunde mit Onkels böser Stimme.

Aber nichts passierte. Das Tor schwenkte auf. Ich hörte die Hühner in ihrem Stall gackern, sie hatten vermutlich das Geräusch des Tores erkannt. Eine Kuh scharrte mit dem Huf über den Boden. Die Schafe blökten kläglich.

Eigentlich hatte die Stimmung auf einem Bauernhof etwas Reizvolles, so früh am Morgen. Langsam ging ich in Richtung des Ackers. Ich brauchte nicht sehr weit zu gehen, weil es noch recht dunkel war und niemand mich sehen konnte. Als ich fertig war, spazierte ich noch ein Stückchen weiter. Ich genoss es, mich so unbeobachtet bewegen zu können, und fühlte mich frei.

Was wäre, wenn ich jetzt abhauen würde? Ich könnte nach

Zaio gehen oder in eine andere Stadt. Vielleicht würde ich eine Mitfahrgelegenheit bis zur Grenze finden. Geld hatte ich nicht, auch keine Papiere, aber so viele Menschen überquerten illegal die Grenze. Zusammen mit Sam würde ich es schaffen …

Bei dem Gedanken an meinen Bruder wurde mir schlagartig anders. Wo war Sam jetzt? Ob er wohl noch schlief, oder wälzte er sich unruhig mit irgendwelchen Fluchtgedanken im Kopf hin und her?

»Nadia! Nadia!« hörte ich die Stimme meiner Tante von weitem. Ich hatte mich weiter vom Hof entfernt, als ich vorhatte, und spielte mit dem Gedanken, mich zu verstecken, damit sie mich nicht finden konnte. Doch das wäre verrückt, dachte ich dann, es würde ohnehin nicht lange dauern, bevor sie mich finden würde. Ich rannte also zurück.

Es war unglaublich rasch hell geworden. Ich sah meiner Tante schon von weitem an, dass sie besorgt war.

«Wo bist du gewesen?« fragte sie vorwurfsvoll.

»Auf dem Klo«, antwortete ich.

Obwohl es noch früh war, hatte ich keine große Lust, zurück ins Bett zu gehen. Meistens blieb ich aber so lange liegen wie möglich, damit der Tag kürzer war. Onkel Aissa war schon mit den Kühen beschäftigt. Einer von Ahfids Brüdern trieb die Schafe zur Weide. Etwas verloren schaute ich zu, da ich so früh am Morgen noch nichts zu tun hatte.

Als Ahfid erschien, sah ich, dass er freudig überrascht war, mich schon um diese Zeit zu sehen. Er zwinkerte mir zu. Da fiel mir die Schafkeule vom Abend zuvor wieder ein, und ich wurde feuerrot. Er war wirklich sehr nett.

Ich stellte Wasser auf, um Tee zu machen. Frühstücken tat hier keiner vor der Arbeit, zuerst mussten die Tiere versorgt werden. Oft waren Onkel Aissa und Tante Fatima bereits drei Stunden wach, bevor sie ihren Tee tranken, und falls das Geschirr vom Vortag noch nicht gespült war, wurde das auch noch zuerst gemacht.

Meine Tante lächelte mir zu, als ich mit dem Tablett aus der Küche kam. Ich stellte es auf den niedrigen Tisch und breitete drumherum Schafsfelle aus. Der Schweiß lief mir bereits den Rücken hinunter.

Da alle noch sehr beschäftigt waren, frühstückte ich allein. Nach einer Weile setzte Ahfid sich zu mir, und ich schenkte Tee für ihn ein. Allmählich standen auch die kleinen Cousinen auf, wuschen sich über einem Eimer und kämmten sich das Haar vor dem alten Spiegel, der unter dem Vordach hing. Trotz der Wärme zitterte ich. Tag für Tag vollzog sich das gleiche Ritual. Würden sie nie die Nase voll davon haben?

Ahfid zwickte mich in den Arm.

»Du bist so schön«, murmelte er. Dann stand er auf und ging zum Acker. Den ganzen Tag musste ich an seine Worte denken.

Ich räumte die Gläser weg, machte eine zweite Kanne Tee für Onkel Aissa, spülte, legte die Decken in Tantes Zimmer zusammen und stapelte sie anschließend auf das Bord an der Wand. Am lästigsten waren die schweren *burabas*, die aus selbstgesponnener und selbstgefärbter Wolle gewebt waren.

Tante kehrte mit dem *mselha* aus gebündeltem Alfagras den Innenhof. Eine meiner Cousinen mistete den Kuhstall aus. Den ganzen Vormittag gab es viel Arbeit, eintönige, schwere Arbeit, und trotzdem hatte man danach nicht das Gefühl, etwas erreicht zu haben. Der Innenhof war zwar sauber, die Zimmer aufgeräumt, aber es kam mir alles so sinnlos vor. Die Fliegen, die vom Vieh angelockt wurden, waren nach wie vor aufdringlich.

»Hast du gehört, was mit Sam passiert ist?« fragte Litiffa mich im Vorbeigehen.

»Sam? Was ist los mit ihm?« fragte ich alarmiert.

»Er ist abgehauen und wurde wieder geschnappt.«

Mehr würde ich vorläufig nicht erfahren. Ich hatte auch keine Ahnung, woher sie die Nachricht hatte. Nach ihrer geheimnisvollen Mitteilung ging Latiffa zum Brunnen, um die Wäsche auszuspülen.

Dass etwas mit Sam passiert war, war allen anzumerken. Sie warfen mir böse oder neugierige Blicke zu. Onkel Omar kam vorbei, angeblich um Lebensmittel zu bringen, aber als ich auf ihn zugehen wollte, um etwas über meinen Bruder zu erfahren, fuhr er hastig wieder davon.

»Was ist mit Sam?« fragte ich schließlich Tante Fatima.

Sie zuckte mit den Schultern.

»Uns Frauen wird nichts gesagt!« antwortete sie sachlich.

Mittags kriegte ich keinen Bissen hinunter. Überhaupt nichts zu wissen war schlimmer, als die schlimmste Nachricht, fand ich.

Ich musste bis zum Abend warten, bevor ich etwas erfuhr. Ahfid machte mir nach dem Tee ein Zeichen, dass ich ihm folgen sollte. Es war noch nicht dunkel, und jeder konnte uns also zusammen weggehen sehen. Deshalb schnappte ich mir einen leeren Eimer und tat, als wolle ich zum Brunnen gehen, damit kein Verdacht aufkam.

»Dein Bruder ist abgehauen«, sagte Ahfid.

»Wann?«

»Letzte Woche, wir haben aber erst gestern erfahren, dass er im Gefängnis von Nador festgehalten wurde, zusammen mit einem marokkanischen Freund. Sie haben versucht, mit einem *fluka*, einem kleinen Boot, zu fliehen. Onkel Fouad ist rasend. Er musste nämlich einen Haufen Geld hinblättern, um Sam frei zu bekommen. Der Vater von Sams Freund ebenfalls. Sam hat die ganze Zeit geschrien, dass er Belgier ist und entführt wurde. Keiner hat ihn ernst genommen. Mehr weiß ich auch nicht.«

»Wo ist er jetzt?«

»In Zaio, glaube ich.«

»Ich will ihn sehen.«

Einige Frauen kamen mit ihren Eimern auf uns zu. Ich eilte weiter zum Brunnen. Ahfid war zwar mein Cousin, aber es war trotzdem unanständig, öffentlich mit ihm zu sprechen. Er füllte den Eimer für mich, und so konnten wir ungestört weitersprechen.

»Wie willst du das anstellen? Willst du nach Zaio gehen?«

»Ja, heute noch. Das kannst du deinem Vater sagen. Er soll mich mit dem Moped bringen.«

»Bist du verrückt geworden?«

Ich wurde wütend und malte Ahfid aus, wie schlimm es Sam gehen würde und wie dringend er mich brauchte. Mir reichte es, immer wie ein kleines Kind behandelt zu werden.

»Geh jetzt! Geh zu deinem Vater und sag ihm das.«

»Ich werde selbst nach Zaio fahren um nachzusehen, Nadia«, sagte er. Aber als er mein Gesicht sah, machte er sich aus dem Staub.

Mit dem vollen Eimer ging ich zurück. Im Innenhof herrschte Stille. Niemand wagte es, mich anzusehen, und Onkel kratzte sich verlegen den Kopf. Ahfid verschwand in der Küche. So wie es aussah, hatte er meine Bitte weitergegeben.

Mit einem Knall stellte ich den Eimer ab und ging ins Zimmer, um mir eine Jeans, einen langärmeligen Pulli und die Lederjacke anzuziehen. Wer nicht genau hinschaute, würde mich für einen Jungen halten.

Alle machten große Augen, als ich wieder nach draußen kam. Mit einem Ruck stand Onkel auf.

»Fährst du mich nach Zaio?« fragte ich fest entschlossen.

»Warum denn?«

»Ich will Sam sehen. Ich muß wissen, was los ist.«

»Aber Mädchen, das ist unmöglich. Schau doch, die Sonne geht bereits unter.«

»In einer guten Viertelstunde sind wir dort.«

»Ich denke nicht daran, um diese Zeit noch mit dem Moped nach Zaio zu fahren. Was denkst du eigentlich. Du kannst bis morgen warten.«

Er stand auf, um sich zu waschen. Dann würde er beten. Nervös biss ich mir auf die Unterlippe. Alle sahen mich amüsiert an.

Ahfid, der alles gehört hatte, kam wütend aus der Küche und holte das Moped aus dem Schuppen.

»Ich fahre dich nach Zaio!« rief er.

Niemand hielt ihn auf.

Ich zögerte keinen Moment, rannte auf ihn zu und sprang geschickt hinten drauf. Als wir losfuhren, kam Onkel gerade hinter dem Hühnerstall hervor. Wir hörten ängstliche Schreie.

Ahfid fuhr so schnell, dass uns keiner einholen konnte. Über den Sandweg rasten wir davon.

Noch nie zuvor war ich auf einem Moped gefahren. Ich klammerte mich an Ahfid und fühlte mich sicher. Meinen Kopf legte ich an seinen Rücken.

Außer von meiner Angst und der Aufregung, Sam wiederzusehen, wurde ich noch von einem anderen Gefühl überwältigt. Ich hatte mit einer Tradition gebrochen!

Fast wieder frei

Anfangs erkannte ich Sam kaum wieder. Apathisch hockte er auf dem Boden in Großmutters Innenhof, den Rücken an die Treppe gelehnt. Sein Haar war sehr kurz geschnitten, wie bei Gefangenen, und er trug Kleider, die mir unbekannt waren. Die störrische Kopfbewegung jedoch war unverkennbar.

Als ich auf ihn zuging, richtete er langsam den Kopf auf und lächelte. Es war zwar nur ein Schatten von seinem früheren Lachen, aber immerhin. Das Weiß seiner Augen leuchtete kurz auf, verflog dann aber wieder.

»Sam! Um Himmels willen, was ist passiert?«

Jetzt erst sah ich die blauen und gelben Flecken in seinem Gesicht und die gesprungenen Lippen. Über seinen Arm lief eine große Schramme

»Ich bin abgehauen.«

Seine Stimme war heiser, als hätte er lange und laut geschrien.

»Und?«

»Dann haben sie mich aufgegriffen.«

Er wandte die Augen ab, aber ich sah, dass er mit den Tränen kämpfte. Nicht weil er soviel durchgemacht hatte, sondern vor Enttäuschung, wusste ich.

Großmutter und zwei meiner Onkel standen hinter mir. Sie hielten sich verdächtig ruhig. Als Ahfid und ich unerwartet auftauchten, waren sie zuerst entsetzt, aber die Aufregung hatte sich jetzt gelegt. Hilfesuchend schaute ich von einem zum anderen. Ich muß sehr verstört ausgeschaut haben, denn Onkel Fouad fuhr mir zärtlich durch das Haar.

»Mach dir keine Sorgen, Mädchen. Hauptsache, dein Bruder ist wieder hier.«

»Aber was ist genau passiert?« fragte ich verzweifelt.

»Er war im Gefängnis.«

Also doch. Merkwürdig, einen vierzehnjährigen Jungen sperrt man doch nicht im Gefängnis ein. Ob man ihn gefoltert hatte? Woher stammten sonst die blauen Flecken?

»Zum Glück ist es jetzt vorbei«, sagte ich und nahm Sams Hand. Zusammen gingen wir ins Haus. In Großmutters Schlafzimmer war bereits ein Schaffell ausgebreitet. Zunächst weigerte sich Sam, das Zimmer zu betreten, als hätte er Angst, doch nach längerem Zureden folgte er mir.

Nachdem ich die Deckenlampe angeknipst hatte, sah ich, dass mein Bruder sehr abgemagert aussah. Mir schien, dass er während der drei Wochen, die wir getrennt waren, auch gewachsen war. Vor mir stand ein völlig veränderter Sam. Seine Lustlosigkeit beunruhigte mich am meisten. Leise schüttelte ich ihn am Arm.

»Hör zu, Sam, ab jetzt bleiben wir zusammen. Wenn es sein muß, bei Tante Batoul. Einverstanden?«

Er nickte. In seinen Augen erschien ein Hoffnungsschimmer. Onkel Fouad, der uns gefolgt war, räusperte sich warnend, da ich Französisch sprach.

»Bitte, Onkel Fouad, bittest du Großmutter, heißes Wasser zu besorgen? Sam ist ja völlig verdreckt. Vielleicht hat sie seine alten Kleider noch. So kann er doch nicht herumlaufen.«

Mein Hirn arbeitete fieberhaft. Es war Sam gelungen abzuhauen. Aber warum war es schiefgegangen? Ich beschloss, mit meinen Fragen bis nach dem Baden zu warten.

Großmutter brachte einen Zuber und einen Eimer mit heißem Wasser.

»Er hat sich nicht waschen wollen!« murmelte sie eingeschnappt. »Und essen wollte er auch nicht. Er hat andauernd nach dir gefragt.«

»Warum habt ihr mich denn nicht geholt? Warum habt ihr mir nichts gesagt? Wir sind doch deine Enkel, *hanna*?«

»Onkel Fouad hat gemeint ...«

»Ab jetzt sollst du lieber selbst entscheiden, vielleicht wird es dann für uns etwas erträglicher«, unterbrach ich sie bissig.

»Nadia, benimm dich«, knurrte Onkel Fouad, der zu meinem Bedauern wieder aufgekreuzt war.

»Ihr habt nicht das Recht, uns verkommen zu lassen, auch wenn Vater uns euch anvertraut hat. Schaut doch, wie Sam aussieht. Wenn ihr ihn bei mir gelassen hättet, wäre das nicht passiert.«

»Vielleicht wärt ihr dann zusammen abgehauen.«

»Dazu bekommen wir ja wohl kaum Gelegenheit.«

Onkel verließ das Zimmer, wütend wie ich annahm. Aber mir war das völlig egal. Mir reichte es, immer nach seiner Pfeife zu tanzen. Sam starrte die ganze Zeit teilnahmslos vor sich hin. Dann wanderte sein Blick zum Eimer, zu Großmutter, zu mir, als wäre ihm alles völlig gleichgültig.

Oma winkte mich in ein Nebenzimmer. Sie bückte sich und holte aus dem großen Büfett Sams alte Hose und den Pulli hervor. «Das sind doch seine Sachen, nicht wahr Nadia?«

Ich nickte dankbar.

»Ja, sie gehören Sam. Er wird sich freuen.«

»Hier hast du ein Handtuch.«

»Danke.«

Als ich zu Sam zurückkehrte, saß er noch genau so da wie vorhin.

»Komm jetzt, Sam, wasch dich. Und danach muss ich dir etwas erzählen, ich habe eine Nachricht von Mama.«

Das schien ihn aufzumuntern. Mit einem Lächeln nahm er seine Kleider, aber als er noch immer nicht aufstand, fragte ich herausfordernd: »Muss ich dir etwa beim Ausziehen helfen oder dich waschen?«

Plötzlich kam der alte Sam wieder zum Vorschein.

»Bist du verrückt geworden? Hältst du mich für so blöd? Scher dich zum Teufel.«

Grinsend verließ ich das Zimmer und machte die Tür hinter mir zu. Zum Glück hatte man meinen Bruder nicht kleingekriegt.

Im Salon hörte ich Stimmengemurmel und spähte neugierig hinein. Onkel Fouad und Onkel Omar berieten sich, wie ich sah. Sie hatten Licht angemacht und den Fernseher eingeschaltet, schauten jedoch nicht hin. Sie tranken Tee und aßen *semen*, ein lockeres Gebäck aus mehreren Teigschichten, das in Öl gebacken wird.

Energisch schaltete ich den Fernseher aus, um ihre Aufmerksamkeit auf mich zu lenken. Dann setzte ich mich zu ihnen, als wäre das ganz selbstverständlich, und Onkel Omar blieb nichts anderes übrig, als mir auch eine Tasse Tee einzuschenken.

»Darf ich euch um etwas bitten?« fragte ich ernst.

Sie nickten verwirrt.

»Ich möchte mit Sam zusammenbleiben Er braucht mich. Ihr habt ja gesehen, was daraus wird, wenn man ihn allein lässt. Ich habe Mama versprochen, auf ihn aufzupassen.«

»Genau so, wie du auch auf Benny aufgepasst hast, bis er verschwunden ist. Das können wir kein zweites Mal riskieren.«

»Mit Benny ist es anders. Er hat Asthma und ist noch sehr klein. Ihr müsst doch zugeben, dass Sam und ich mehr Gelegenheit haben abzuhauen, wenn wir nicht zusammen sind?« fragte ich gerissen.

Das stimmte natürlich nicht, aber irgend etwas musste ich ja sagen.

Onkel Omar, der leichter zu beeinflussen war als Onkel Fouad, nickte bestätigend. Aber Onkel Fouad ließ sich nicht irreführen.

»Wir bringen euch dort unter, wo es uns am besten erscheint«, sagte er.

»Natürlich, Onkel, ich verstehe, aber zusammen!« antwortete ich honigsüß. »Oder wir schlagen so viel Krach, dass es euch leid tun wird.«

Onkel Fouads Augen sprühten vor Wut. Er war mein gefährlichster Gegner, das wusste ich. Er war schlau und hatte von allen Verwandten am meisten Erfahrung.

Ich sollte lieber versuchen, Onkel Omar zu bearbeiten.

»Hör mal, Onkel Omar, Vater hat uns hier zurückgelassen, und wir müssen also bleiben. Dann sperrt uns doch ein. Ihr habt doch wohl ein Zimmer, das man abschließen kann? Zwei oder dreimal am Tag bringt ihr uns etwas zu essen, und damit hat es sich dann.«

Beide Männer protestierten heftig.

»Das können wir doch nicht tun«, sagte Onkel Omar.

»Wir sind ja keine Unmenschen!« fügte Onkel Fouad hinzu.

Es folgte ein vielsagendes Schweigen. Meine beiden Onkel sahen sich hilflos an.

»Ihr könnt uns ja auch ab und zu in den Innenhof schicken. Oder habt ihr etwa Angst, dass wir die Stadt verlassen? Wir haben doch gar kein Geld. Seht euch meine kaputten Sandalen an! Ich kann mir nicht einmal neue kaufen.«

Jetzt wurde Onkel Fouad erst recht wütend.

»Ich werde mich um neue Sandalen kümmern. Geh jetzt zu deinem Bruder, Nadia. Alles andere überlässt du lieber uns. Dazu brauchen wir dich nicht.«

Bevor ich das Zimmer verließ, drehte ich mich noch einmal stolz um. Dieser Tyrann, was bildete er sich bloß ein!

»Es war entsetzlich«, sagte Sam, nachdem er sich gewaschen und etwas gegessen hatte. »Ich wurde zu dem Bauernhof einer entfernten Cousine in der Nähe von Nador gebracht. Das Leben dort war ungefähr wie bei Onkel Aissa, nur dass du nicht bei mir warst. Es gab jedoch einen Vorteil. Einer der Nachbarjungen wollte schon lange nach Europa, um Arbeit zu suchen, aber er konnte keinen Pass bekommen. Ich habe versprochen, für ihn in Belgien die nötigen Papiere zu besorgen, wenn er mir aus diesem Land helfen würde. Er wusste auch wie: mit einer *fluka* nach Spanien rüber. Viele

Menschen versuchten angeblich, mit so einem kleinen Boot von hier wegzukommen. Manche von ihnen werden aufgegriffen, anderen gelingt es. Er hat gesagt, dass auf diese Weise auch viel geschmuggelt wird. Das bisschen Geld, das wir hatten, haben wir zusammengelegt. In der Nacht unserer Flucht schnitt er mir die Haare und gab mir andere Kleider. Wir konnten ungesehen den Hof verlassen. Die Küste war vierzig Kilometer entfernt. Moustapha, so heißt der Junge, kannte dort Fischer, die für uns die Überfahrt regeln würden. Wir sind die ganze Nacht durchgelaufen. Zum Glück kannte Moustapha sich gut aus. Wir gingen über Wiesen und durch ausgestorbene Dörfer, die Hauptstraßen haben wir gemieden. Gegen morgen war ich so müde, dass ich kaum noch vorwärts kam. Moustapha musste mich regelrecht hinter sich herziehen. Als die Sonne aufging, erreichten wir endlich den Strand. Die Fischer holten gerade ihre Netze ein, aber ein Boot hatten sie nicht. Sie zeigten uns ein Dorf, wo wir eine *fluka* mieten könnten. Wir gingen also weiter, und als die Menschen dort unser Geld sahen, bekamen wir jede Menge zu essen. Du glaubst kaum, wie arm die Fischer sind, Nadia. Sie versprachen uns, dass wir am Abend losfahren könnten!«

»Wann war das?« unterbrach ich ihn.

»Letzten Mittwoch. Abends kam jemand, um uns zu sagen, dass das Boot nicht ausfahren könnte, wegen des Windes oder der Gezeiten. Wir mussten also noch einen zweiten Tag dort bleiben. Endlich wurde wieder Abend. Mein Herz klopfte wie verrückt, als wir den Fischern zum kleinen Hafen folgten. Ich war schon im Boot, Nadia, kannst du dir das vorstellen? Es war ungefähr acht Meter lang und hatte einen kleinen Motor. Und mit diesem Boot sollten wir das Mittelmeer überqueren! Aber ich hatte keine Angst. Mir tat es nur leid, dass du nicht bei mir warst. In dem Moment, als Moustapha ins Boot springen wollte, blitzten Scheinwerfer auf. ›Polizei!‹ schrie Moustapha, und wir wollten wegrennen, doch wir waren schon umstellt. Weil wir keine Papiere hatten, wurden wir ins Gefängnis gebracht. Es war schrecklich.«

Sam schlug die Hände vors Gesicht.

»Hat man dich geschlagen?« fragte ich.

»Das Schlimmste war, dass wir völlig machtlos waren. Die Polizei wollte unsere Namen wissen, und wir mussten erzählen, warum wir dort waren, was wir vorhatten. Ja, geschlagen wurden wir auch. Keiner hat mir geglaubt, was ich erzählte. Sie haben nur gelacht. Und dann kam Onkel Fouad, ich hab keine Ahnung, wer ihm Bescheid gegeben hatte.«

Mit Tränen in den Augen wandte Sam sich ab. Er war der Freiheit so nah gewesen. Ich konnte es nicht lassen, ihn in die Arme zu nehmen, doch er riss sich los.

»Wenn ich Papiere gehabt hätte, Nadia, hätte ich ganz legal die Fähre nehmen können. Melilia ist bereits spanisches Gebiet, nur zwanzig Kilometer von hier entfernt. Wirklich, ich habe gut aufgepasst.«

»Wo sind eigentlich unsere Personalausweise?«

»Die hat Papa doch, oder? Vielleicht hat er sie mitgenommen. Oder sie liegen hier irgendwo im Haus.«

»Glaubst du, dass wir mit Personalausweisen von hier verschwinden könnten? Ich meine mit dem Flugzeug oder dem Schiff.«

»Natürlich. Wenn es Schwierigkeiten gibt, wird die belgische Botschaft eingeschaltet, und wir sind gerettet. Oh, Nadia, siehst du nicht, wie nah wir der Freiheit sind?«

»Tja, es kommt ganz darauf an, wie man es betrachtet. Wenn Papa die Ausweise mitgenommen hat, gibt es wenig Hoffnung. Wir könnten aber Kontakt mit Mama aufnehmen, und sie fragen, uns gültige Papiere zu schicken.«

»Wie denn?«

»Ich habe einen Arzt kennengelernt, der uns helfen will.«

Dann erzählte ich Sam meine ganze Krankheitsgeschichte.

»Hört sich interessant an. Ich könnte mich morgen auch krankstellen, damit Onkel Fouad mich zu diesem Arzt bringen muß und ich alles mit ihm besprechen kann.«

Ich schüttelte den Kopf.

»Was ist?« fragte Sam, als er meine düstere Miene sah.

»Onkel Fouad wird dich nicht zu diesem Arzt bringen. Er hat mich durchschaut. Du kannst es natürlich trotzdem versuchen, aber ich denke, dass uns nichts anderes übrigbleibt, als zu Onkel Aissa zu gehen, wo Ali uns erreichen kann. Meinst du, dass wir das machen sollten?«

»Vielleicht ja, wenn sie uns gehen lassen«, sagte er besorgt.

»Überlass das nur mir.«

Wir gingen in den Innenhof, wo die Verwandten sich gerade zum Essen an den Tisch setzten.

Doch noch etwas Erfreuliches

Es dauerte noch drei Tage, bevor die Onkel sich einigen konnten. Onkel Aissa wurde hinzugezogen, und ich hatte ihm heimlich ins Ohr geflüstert, dass wir gern zu ihm kommen würden, weswegen er sich sehr geehrt fühlte.

Wir hatten uns die ganze Zeit vorbildlich benommen, während die Männer sich besprachen, so dass ihnen die Entscheidung schwerfiel. Ich hatte Sam ans Herz gelegt, ruhig zu bleiben.

Endlich teilte Onkel Fouad uns mit, dass wir zu Onkel Aissas Hof dürften, falls wir versprechen würden zu gehorchen. Wir mussten uns unsere Begeisterung verkneifen. Ich bemühte mich sogar, nachdenklich zu wirken.

»Zusammen?« fragte ich dann sachlich, als wollte ich mir diesen Vorschlag noch einmal überlegen.

Onkel Fouad nickte.

»Ja, zusammen, Nadia, wenn ihr uns keinen Streich spielt. Du hast jetzt die Erfahrung gemacht, dass das Leben hier durchaus auszuhalten ist. Nur eine Frage der Anpassung. Ihr solltet euch den Umständen fügen, das ist das Vernünftigste. Wenn Sam im September zur Schule geht, wird alles noch besser werden.«

Onkel Fouad redete eine Weile weiter, aber ich blieb bei diesem einen Satz hängen. Im September zur Schule! Auch das noch. Der Gedanke, so lange bleiben zu müssen, war unerträglich.

Ich wurde wieder aufsässig und fragte unschuldig: »Darf ich dann auch zur Schule, Onkel?«

Er platzte fast vor Wut.

»Du? Du bist doch schon fünfzehn!«

»Ja, und? Bei uns gehen die Mädchen ...«

»Wir sind hier nicht in Belgien.«

Natürlich wusste ich auch, dass es für fünfzehnjährige marokkanische Mädchen unvorstellbar war, zur Schule zu gehen.

Grinsend drehte ich mich um. Außerdem würden wir zu dieser Zeit längst wieder zu Hause sein.

Wir waren erst einige Stunden auf Onkel Aissas Hof, als Sam schrecklich aufgeregt auf mich zugerannt kam. Ich war allein im Zimmer und legte das Bettzeug zusammen.

»Ich habe ihn gesehen, diesen Mann!« Er stotterte fast.

Zunächst wusste ich nicht, wen er meinte.

»Welchen Mann?«

»Ali.«

»Wo ist er? Ich muß ihn unbedingt sprechen!«

»Ich habe schon mit ihm gesprochen. Als ich über den Acker ging, um den Abfluß des Brunnens zu überprüfen, hörte ich ein Pfeifen. Ich wusste sofort, dass er es sein musste. Weil Moustapha in der Nähe war, musste ich noch etwas warten, bis ich zu ihm gehen konnte.«

Sam schwieg. Ungeduldig schüttelte ich ihn am Arm.

»Und was hat er gesagt? Gibt es Neuigkeiten?«

»Sie wissen jetzt, wie sie es anstellen wollen. Wir werden zusammen abgeholt.«

»Oh, Sam, ist das wahr?«

Er nickte nur, er war zu aufgewühlt, um etwas zu sagen.

»Wann? Und wie?« fragte ich ungeduldig.

»In einigen Wochen. Und ...«

»Was? Solange noch?«

»Ja, Mitte August. Aber sie haben alles gut organisiert, und es kann nichts schiefgehen. Wir reisen mit einer marokkanischen Familie, als ihre Kinder. Wir dürfen uns nichts anmerken lassen. Also noch ungefähr drei Wochen ...«

»Vier Wochen.«

»Auch gut.«

Mir schien das noch sehr lange.

Das ganze Dorf war in Aufregung, weil Hajat heiraten würde. Das war tatsächlich eine gute Nachricht, denn Hajat war schon neunzehn und in den Augen der Marokkaner eine alte Jungfer. Hübsch war sie auch nicht, außerdem hatte ihr Vater kein Geld. Hajat wohnte mit ihren Eltern ungefähr hundert Meter von Onkel Aissas Hof entfernt, in einer kleinen Hütte ohne Grundbesitz. Eine sehr arme Familie. Dennoch war ich selten solch fröhlichen Menschen begegnet.

Die Hochzeit würde in zwei Tagen sein.

Tante Fatima wählte sorgfältig ihre Kleider aus. Schließlich war sie eine entfernte Verwandte von Hajats Vater, aber auch die nachbarliche Nähe verpflichtete. Sie würde beim Kochen helfen, und Onkel Aissa versprach ein Schaf als Hochzeitsgeschenk.

Eine Hochzeitsfeier dauert sieben Tage. Sieben Tage lang müssen Verwandte und Freunde durchfgefüttert werden, Als Onkel Omar heiratete, wurden sogar zwölf Schafe geschlachtet. Außer Fleisch braucht man noch Tee, Zucker, Couscous, Brot, Oliven, Salat, Obst ... Eine sehr teure Angelegenheit also, besonders für einen armen Schlucker wie *amé* Tahar!

Aber als ich ihm am Sonntagmorgen, zwei Tage vor der Hochzeit, mit seiner kümmerlichen Herde auf dem Sandweg begegnete, machte er einen fröhlichen Eindruck. Zur Begrüßung hob er seinen Stock und rief freundlich ›Guten Morgen‹. Mit meinem leeren Eimer blieb ich stehen.

»Hallo, *amé* Tahar, wie steht's mit der Feier?«

»Bestens, bestens«, sagte er lachend, so dass ich tief in seinen zahnlosen Mund sehen konnte.

Er hatte herumerzählt, dass er zur Hochzeit neue Zähne bekommen würde. Ich fragte mich, wie das möglich sei. Ein Kunstgebiss war sehr teuer. Wer würde es für ihn bezahlen? Vor einigen

Jahren hatte seine Frau von einem spendablen Verwandten, der in Europa arbeitete, ein Gebiss bekommen. »Tahar gibt mir immer sein Fleisch, weil er es ohne Zähne nicht beißen kann«, pflegte sie zu sagen. »Manchmal tut er mir richtig leid, und dann leihe ich ihm meine Zähne, damit er auch etwas davon hat.« Aber sie werden nicht allzu oft Fleisch essen.

»Was machen deine Zähne, *amé* Tahar?« fragte ich.

Er verbeugte sich und sagte: »Das geht alles in Ordnung. Morgen kann ich sie abholen!«

»Noch gerade rechtzeitig zur Hochzeit.«

»So ist es.«

Ich sah ihm nach, als er steif aber stolz hinter seinen Schafen herzockelte.

Schnell füllte ich den Eimer und ging zum Hof zurück.

Heute war Sonntag, Ahfid musste also nicht arbeiten. Ich lächelte vor mich hin. Jetzt erwarteten uns lauter erfreuliche Dinge. Die Hochzeit, das Schaffest und, wenn alles klappte, die Flucht.

Am Dienstagmorgen wurden wir in aller Frühe von Trommelschlägen geweckt. Die Verwandtschaft der Braut machte bereits Musik und klatschte und stampfte zu dem Rhythmus. Mit schrillen Schreien brachten die Frauen ihre ausgelassene Freude zum Ausdruck. Wenn man sich daran gewöhnt hatte, war es sehr mitreißend.

Später, um zehn Uhr ungefähr, trafen unter Hupen und Singen die Gäste aus der Stadt ein. Je mehr Autos, desto wichtiger war die Hochzeit.

Wir rannten alle zur Straße, um sie kommen zu sehen. Die Ehe würde erst später im Haus des Bräutigams geschlossen werden. Vorher aber wurde im Haus der Braut gefeiert.

Tante Fatima war den ganzen Vormittag bei den Nachbarn beschäftigt. Die Cousinen rannten hin und her, um Töpfe, Pfannen, Decken und Felle ins Haus der Braut zu tragen. Zu meiner

Verwunderung holte Tante Fatima auch mich im Laufe des Nachmittags.

»Zieh dein schönstes Kleid an, Nadia!« befahl sie. »Aber schnell!«

»Bin ich denn auch eingeladen?«

»Natürlich, die ganze Familie Zerouali soll anwesend sein«, sagte sie.

Schnell zog ich das Festkleid an, das Papa mir letztes Jahr geschenkt hatte, das ich aber noch nie hatte tragen können. Mama hatte es mir mitgebracht. Es war ein langes Kleid mit einem wunderschönen Gürtel und weit gefächertem Rock. Fünf Minuten lang betrachtete ich mich im kleinen Spiegel. Ich konnte mich nur stückweise sehen, war aber zufrieden. Dann kämmte ich mir die Haare.

Strahlend erschien ich im Innenhof, und alle sahen mich bewundernd an. Besonders Ahfid konnte seine Begeisterung kaum verbergen. Als wir kurz allein waren, nützte er die Gelegenheit, um mich schnell zu küssen.

»Du bist sehr schön!« flüsterte er.

»Hast du nichts Besseres zu tun?« fragte ich streng, um meine Verwirrung zu überspielen.

»Arbeiten, wenn Hochzeit gefeiert wird? Nadia, du bist wirklich sehr dumm«, sagte er lachend.

Eingeschnappt drehte ich mich um.

Voller Ungeduld wartete ich, bis Tante Fatima endlich fertig war. Mir kribbelten die Beine.

Latiffa kam als erste aus dem Zimmer. In ihrem neuen Kleid und mit einigen wertvollen Schmuckstücken sah sie großartig aus. Kurz darauf erschien Tante Fatima, behängt mit Gold. Wie ein stolzer Pfau drehte sie sich im Kreis. Dann nahm sie einige Zuckerbrote als Höflichkeitsgeschenk, und wir zogen endlich los.

Wir gesellten uns zu den anderen Frauen. Großmutter konnte ich jedoch nicht entdecken. Die Männer wurden ins große Zimmer geführt, denn sie durften sich nicht bei den Frauen aufhalten.

Mitten auf dem Innenhof tanzte ein Mädchen. Sie hatte ein Tuch um ihre Hüfte geknotet und bewegte sich rhythmisch zum Takt der Trommelschläge, während sie die Arme über dem Kopf hielt. Die Zuschauer klatschten Beifall.

Es wurde Tee mit selbstgebackenen Keksen serviert. Natürlich wurde unter den Frauen viel getratscht. Ich setzte mich zu den jungen Mädchen. Eines von ihnen wohnte in Europa, Sabah hieß sie. Wir unterhielten uns über das Leben im Westen, das sich so sehr von dem Leben hier unterschied, während die Mädchen, die Marokko noch nie verlassen hatten, neidisch zuhörten.

Nach einiger Zeit stellte ich fest, dass Sabah nichts von meiner Entführung wusste. Sie ging davon aus, dass meine Eltern auch anwesend waren. Hatte die Verwandtschaft dieses Geheimnis so gut hüten können? Vorläufig wollte ich Sabah jedoch nichts davon erzählen. Das Fest würde ja noch Tage dauern, und später würde sich vielleicht eine bessere Gelegenheit ergeben, meine Sorgen loszuwerden.

Inzwischen tanzten viele Mädchen.

»Komm, Nadia, wir tanzen auch!« sagte Sabah und nahm meine Hand.

Ich wollte nicht, weil ich überhaupt nicht tanzen konnte, aber schließlich ließ ich mich überreden. Zunächst etwas schüchtern, dann aber fing ich mit zunehmendem Selbstvertrauen an, die Bewegungen der anderen Mädchen zu imitieren, und allmählich wurde ich vom Festtaumel mitgerissen. Die Frauen schauten mir zu und klatschten begeistert in die Hände. Eines nach dem anderen setzten die Mädchen sich wieder hin, und nach einer Weile tanzte ich ganz allein. Das Klatschen durchzuckte meinen Körper. Ich war kein bisschen schüchtern, im Gegenteil, ich hatte mich seit langem nicht mehr so wohl gefühlt. Außerdem wusste ich, dass ich ziemlich gut aussah. Plötzlich entdeckte ich *hanna*. Sie sah mich verschwörerisch an, was mir so gut tat, dass meine Augen anfingen zu brennen.

Ich hörte erst auf zu tanzen, als das Essen für die Frauen aufgetragen wurde. Da es schon dunkel war, wurden die Petroleumlampen angezündet. Schade, dass Ahfid nicht neben mir saß, aber dennoch ließ ich es mir gut schmecken. Es gab große Schüsseln mit *sjorba*, Nudeln mit Fleischstückchen und Zwiebeln in würziger Tomatensoße, und Schaffleisch mit Pflaumen und Oliven, Wassermelonen und selbstgebackenes Brot. Ich aß, bis ich fast platzte.

Nach dem Essen fühlte ich mich schläfrig, doch ich wurde in das Zimmer gerufen, wo Hajat sich anzog. Sie tat mir leid. Bald war es mit ihrer Freiheit vorbei. Na ja, Freiheit ... jedenfalls die Zeit ohne beherrschende Anwesenheit eines Mannes, den sie kaum kannte. Wenn sie wenigstens verliebt gewesen wäre. Sie wurde für die Hochzeit geschmückt. Die Haare wurden frisiert, die Augen bemalt, die Hände mit *henna* rot gefärbt. Ihre Augen glänzten vor Glück.

Plötzlich betrachtete ich die feiernden Menschen mit feindseligen Augen. Mit einem Mal erlebte ich das ganze Fest sehr trostlos und keineswegs als einen Anlass, dem man als junges Mädchen sehnsüchtig entgegenzittern sollte.

In diesem Moment wusste ich mit Sicherheit, dass ich nichts mit einer richtigen Marokkanerin gemeinsam hatte.

Caboujawa

Einige Tage später gingen wir alle zusammen nach Caboujawa, um die Hochzeit bei den Eltern des Bräutigams fortzusetzen. Hajat würde nach den Feierlichkeiten dort bleiben. Mit sechzehn Autos fuhren wir die zwanzig Kilometer bis zu dem Ort am Meer, als erstes ein offener Kombi mit verschleierten Frauen, die auf der Ladefläche laut Musik machten. Mit vibrierenden Kehllauten brachten sie ihre Freude zum Ausdruck, während einige von ihnen auf Trommeln schlugen. Die anderen Autos folgten laut hupend, damit die Menschen an der Straße von der Hochzeit erfuhren. Hajat trug einen fast undurchsichtigen Schleier. Am Nachmittag würde sie zu ihrem Mann, den sie seit einigen Tagen nicht mehr gesehen hatte, ins Brautzimmer geführt werden.

Ich saß zusammen mit Sam im vierten Auto. Außer uns befanden sich in diesem Auto keine Verwandten, so dass wir ungestört miteinander reden konnten.

Sam war gut drauf. Seit der Nachricht von unserer Flucht konnte ihn nichts mehr umhauen.

Nachdem wir ausführlich unsere Erfahrungen der vergangenen Tage ausgetauscht hatten, flüsterte er plötzlich: »Endlich eine gute Chance, Nadia!«

»Was meinst du?«

»Wir werden einige Tage am Meer sein. Tante Fatima wird im ganzen Trubel kaum dazukommen, uns die ganze Zeit zu beobachten.«

Mir stieg das Blut in die Wangen.

»Bist du verrückt geworden. Und was ist mit Ali?«

»Wer sagt, dass er sein Wort halten kann? Es kann so vieles dazwischen kommen. Ich verlasse mich lieber nicht auf ihn.«

»Das geht nicht, Sam. Wenn wir geschnappt werden, wird alles nur noch schlimmer.«

Sam schmollte vor sich hin.

»Wir könnten doch zur Botschaft gehen«, versuchte er von neuem. »In Tanger zum Beispiel.«

»Tanger? Das sind 800 Kilometer von hier.«

»Dann eben in einer anderen Stadt«, fuhr er bockig fort.

Ich seufzte verzweifelt.

»Papiere und Geld haben wir auch nicht.«

»Ist doch egal. Vor einiger Zeit hättest du nicht so viele Bedenken gehabt. Wenn du nicht willst, gehe ich allein.«

Ich wurde wütend. Doch in diesem Moment erreichten wir das Haus des Bräutigams. Die Autos hupten noch lauter, und die Frauen im vorderen Wagen brachen in einen ohrenbetäubenden Jubel aus.

Es war bereits Abend. In der Ferne sah ich die Lichter der kleinen Stadt. Ich roch das Meer. Aus dem großen Haus, das elektrisch beleuchtet war, strömten viele singende und tanzende Menschen. Ich musste zugeben, dass es ein sehr eindrucksvolles Schauspiel war. Sam jedoch starrte still vor sich hin.

Als wir ausstiegen, schaute ich mich nach Ahfid um. Während der letzten Tage hatte ich ihn kaum gesehen. Ich erkannte ihn kaum in dem blauen Anzug mit weißem Hemd und den neuen Schuhen und verspürte große Lust, ihn zu umarmen und mit ihm zusammen zum Strand zu gehen.

In dem Begrüßungsdurcheinander konnte ich aber nur kurz seine Hand nehmen, dann wurde ich von den Mädchen in ein großes Zimmer gebracht, wo sich schon viele Frauen versammelt hatten. Wir tranken Tee und danach wurde getanzt, anfangs nur von den Mädchen, später schlossen sich die Frauen an. Nach dem Essen, bei dem wir alle tüchtig zulangten, wurde noch stundenlang geplaudert und Musik gemacht. Die Kinder schliefen eins nach dem anderen ein. Ihre Mütter ließen sie am Boden liegen und deckten sie nur zu. Das eine oder andere bekam ein Kissen unter den Kopf geschoben, falls eins aufzutreiben war.

Dann legten sich auch die größeren Mädchen hin. Ich kuschelte mich an eine Mauer und schlief müdegetanzt und vollgegessen ein, wie ein Klotz.

Am nächsten Morgen herrschte ein furchtbares Chaos. Überall standen schmutzige Teller herum, die Kinder johlten, die Frauen quasselten laut. Ich konnte meine neuen Ledersandalen nicht finden, jemand hatte sie wohl ausgeliehen. Also nahm ich ein anderes Paar, was allerdings kein guter Tausch war, denn sie waren aus blauem, hartem Plastik.

Die jungen Mädchen wurden eingespannt. Ich spülte Gläser, schälte Zwiebeln, machte Tee für eine Unmenge Menschen und war froh, als Tante Fatima mich rief.

An der Tür wartete sie mit Sam und Ahfid auf mich.

»Komm, Nadia, wir gehen zum Strand!« rief Sam fröhlich.

Ob er seine Fluchtpläne vergessen hatte? Ich war erleichtert, mich aus dem Gewühl entfernen zu können.

Der feine Sand war heiß. Ich watete durch das Wasser, Ahfid folgte meinem Beispiel. Wir gingen eine Weile nebeneinander her und sprachen kaum. Ich hätte endlos so weitergehen können.

Dann wurden wir von Sam gestört. Er wollte mich allein sprechen, doch ich weigerte mich. Aus Spaß schubste ich Ahfid weiter ins Wasser, er versuchte mich zu fangen.

»Nadia!« rief Sam ungeduldig.

»Ich gehe nicht mit, Sam, egal was du für Vorschläge hast!« rief ich böse.

»Aber morgen, oder?«

»Nein.«

»Das ist unsere einzige Chance. Stell dir vor, dass es Ali nicht gelingt, uns hier wegzuholen.«

»Wir müssen abwarten. Wir dürfen es jetzt nicht verderben.«

Sam sah keineswegs überzeugt aus. Wütend warf er Muscheln ins Wasser. Dann rief Tante Fatima, dass es Zeit sei zurückzukehren.

Die Frauen und Mädchen zogen sich um. Jeden Tag sollte man ein anderes Kleid tragen, manche wechselten sogar zweimal am Tag ihr Kleid, um nicht unangenehm aufzufallen. Jemand, der drei Tage lang die gleichen Kleider trug, wurde von den anderen mit Herablassung behandelt. Die Frauen prahlten mit Tüchern, Gürteln und Schmuckstücken. Diejenigen, die in Europa arbeiteten, konnte man auf den ersten Blick erkennen. Sie sahen gesünder und jünger aus, waren viel besser gekleidet und benahmen sich selbstbewusster. Das galt auch für ihre Kinder.

Gegen drei Uhr war ich todmüde und spürte meine Beine kaum noch. Außerdem starb ich vor Hunger.

Nachdem Braut und Bräutigam sich ins Brautzimmer zurückgezogen hatten, gab es *couscous* mit Schaffleisch. Die alten Frauen sprachen absichtlich sehr laut, um eventuelle Schreie zu übertönen. Alles wurde sehr geheimnisvoll gehalten, damit der Reiz der Ehe für die jungen Mädchen erhalten blieb.

»Ein gelungenes Fest, findest du nicht auch?« sagte meine Nachbarin.

Ich sah zur Seite und erkannte eine der gutgekleideten europäischen Frauen. Seltsamerweise sprach sie mich auf französisch an, als wüsste sie, wer ich war.

Ich nickte ihr nicht übermäßig freundlich zu.

»Du bist doch Nadia?« fragte sie dann.

Ich nickte wieder, nicht einmal verwundert.

»Ich bin Alis Schwester.«

Sie musste meinen Schrecken bemerkt haben, denn sie legte mir beruhigend eine Hand auf den Arm.

»Benimm dich so normal wie möglich. Ich glaube, wir werden beobachtet. Wir unterhalten uns ein bisschen, einverstanden?«

Ich bemühte mich, entspannt zu lächeln und hörte, was Alis Schwester zu berichten hatte.

»Am Samstag, den achten August, werdet ihr abreisen.«

Ich konnte es kaum fassen. Nur noch zehn Tage. Sogar früher, als wir erwartet hatten. Ob es wirklich stimmte?

»Abends gehen Sam und du ungesehen zur gepflasterten Straße, die am Hof deines Onkels vorbeiführt. So gegen acht, dann ist es bereits dunkel. Dort wartet ein Auto auf euch. Ali wird auch da sein. Ihr sollt kein Gepäck mitnehmen. Alles ist gut organisiert.«

Ich brachte kaum ein Wort heraus. Ich dachte an Sam und daran, wie er sich freuen würde, wenn er diese Neuigkeit erfährt. Ich musste mich richtig zusammenreißen, nicht zu ihm zu laufen und ihm die gute Nachricht zuzuschreien. Mit Erleichterung stellte ich fest, dass es jetzt für Sam keinen Grund mehr gab, sich in ein unsicheres Abenteuer zu stürzen.

»Wir haben aber keine Ausweise«, flüsterte ich besorgt.

»Damit könnt ihr sowieso nichts anfangen. Ihr werdet als die Kinder eines marokkanischen Ehepaares reisen. Mit dem Auto. Ihr Sohn und ihre Tochter sind in Belgien geblieben.«

Ich wollte eine Weile allein sein, um die Nachricht zu verarbeiten. Aber überall waren Menschen, die mich verwundert ansahen, als ich aus dem Innenhof rannte. Ich ging also zum Brunnen und füllte ein Glas mit Wasser, das ich auf einen Zug austrank. Allmählich wurde ich ruhiger und schlenderte zum Eingangstor zurück, von wo aus ich in das Zimmer sehen konnte, in dem sich die Männer befanden.

Ich musste Sam so schnell wie möglich sprechen, um ihm zu sagen, dass er ja nicht abhauen sollte.

Die Flucht

Von da an ging alles sehr schnell. Vielleicht auch wegen des Schaffestes, das Ende Juli gefeiert wurde. Zu diesem Fest schlachtet jede marokkanische Familie ein Schaf zu Ehren des Propheten Abraham, der Gott seinen Sohn opfern sollte.

An diesem Donnerstagmorgen waren alle bereits vor Sonnenaufgang mit den Vorbereitungen für das Fest beschäftigt.

So lange ich mich erinnern konnte, hatte ich mich vor diesem Tag geekelt. Ich fand es eine ziemlich schmutzige Angelegenheit.

Mama, die auch nicht viel vom Schlachten hielt, verschenkte meistens die Innereien, zum großen Ärger meines Vaters, dem, wie jedem Araber, alles schmeckte. »Dann musst du es eben selbst zubereiten«, sagte Mama jedes Jahr wieder, denn sie dachte nicht daran, Schafsdärme zu reinigen.

Auf dem Bauernhof von Onkel Aissa jedoch, wo Fleisch eine Seltenheit war, freute ich mich auf das bevorstehende Fest. Weil es keinen Kühlschrank gab, musste das Fleisch so schnell wie möglich gegessen werden.

Als ich nach dem Schlachten mit Tante Fatima die Eingeweide sortierte, sah ich *amé* Tahar über den Weg kommen. Er brachte uns ein scharfes Messer.

»Noch herzliche Glückwünsche zur Hochzeit, *amé*«, sagte ich.

Er murmelte etwas, was ich nicht verstand.

»Was hast du gesagt?«

»Mmpf ...«

Er traute sich wohl nicht, den Mund aufzumachen. Seit Beginn der Hochzeit hatte ich ihn nicht mehr gesehen, und erst jetzt fielen mir seine neuen Zähne ein.

»Hast du dein Gebiss schon, *amé*?« fragte ich.

Er nickte bestätigend.

»Aber du kannst mit den Zähnen nicht sprechen, stimmt's?«

Onkel Aissa, der meine Frage gehört hatte, antwortete: »Er kann schon sprechen, aber der Zahnarzt hat ihn gewarnt, den Mund nicht zu weit aufzumachen, damit die Zähne nicht rausfallen.«

Ich konnte nichts dafür, dass ich lauthals losprustete. Onkel Tahar schlug die Augen nieder. Er sah gequält aus. Jahrelang hatte er gespart und sehnsüchtig auf sein Gebiss gewartet, und nun hatte er so viele Probleme damit.

»Aber essen kannst du doch?« fragte ich.

Als er den Kopf schüttelte, sah er so bedauernswert aus, dass er mir leid tat.

»Du wirst dich schon noch daran gewöhnen. Du bist ja nicht der einzige mit einem Kunstgebiss.«

Ich machte mich wieder an die Arbeit. Tante Fatima und Latiffa spülten die meterlangen Därme aus, Onkel Aissa löste das Fleisch von den Knochen, und Ahfid bearbeitete die Innenseite des Fells mit Salz. Später würde es gegerbt werden. Als Onkel Aissa anfing, die Leber zu braten, verbreitete sich im Innenhof ein herrlicher Bratenduft. Mir lief das Wasser im Mund zusammen.

Gegen ein Uhr, wir hatten immer noch nichts gegessen, brachte ich *amé* Tahar das Messer zurück.

Der fade Geruch von Blut und Eingeweiden kam mir entgegen. Die ganze Familie aß schon von der Leber.

Tahar begrüßte mich mit offenem Mund und ... ohne Zähne. Mit einem breiten Grinsen ließ er es sich schmecken.

»Was ist mit deinen Zähnen, *amé*?« fragte ich verwundert.

»Sie müssen bis nach dem Fest warten. Jetzt möchte ich genießen, ohne Angst, das verfluchte Gebiss zu verschlucken.«

Alle lachten. Ich sollte mich zu ihnen setzen und ließ es mir nicht zweimal sagen. Das Brot war noch warm, und es gab Trauben. Ich hatte seit Hajats Hochzeit nicht mehr so köstlich gegessen. Für kurze Zeit tat es mir leid, von hier wegzugehen und auf diese Gemütlichkeit verzichten zu müssen. Aber dann dachte ich daran, wie langweilig das Leben hier meistens war. Nur hin und wieder ein Fest, um danach wieder wochenlang dem gleichen Trott ausgeliefert zu sein.

Nein, hier bleiben wollte ich nicht, auch nicht wegen Ahfid. Ich würde zurückkommen, aber nur in den Ferien, um die Sonne und die wohltuende Gastfreundschaft zu genießen.

Sam lief die meiste Zeit wie ein kopfloses Huhn durch die Gegend. Er fand, dass die letzten Tage vor unserer Flucht am längsten dauerten. Immer wieder war er besorgt, dass irgend etwas nicht klappen würde.

»Stell dir vor, dass das Auto nicht kommt.«

»Was passiert, wenn man uns entdeckt?«

»Vielleicht schaffen wir es nicht, pünktlich von hier wegzukommen.«

Ich schob seine Bedenken sorglos beiseite.

»Kommt Zeit, kommt Rat, Sam. Mach dir nicht so viele Gedanken. Es geht bestimmt in Ordnung. Alles ist gut organisiert, und wir können uns auf die Menschen, die uns helfen, verlassen. Mama wird es einen Haufen Geld gekostet haben, und wir müssen uns anstrengen, dass niemandem etwas auffällt. Reiß dich zusammen.«

Sam gab zu, dass ich recht hatte. Aber er wurde seine Unruhe nicht los. Er brachte es nicht mehr fertig, wie gewohnt jeden Morgen zum Acker zu gehen. Ich befürchtete, dass Onkel Aissa misstrauisch werden würde.

Ich wollte Sam lieber nicht sagen, dass ich auch Alpträume hatte und alles schiefgehen sah.

Uns blieben noch drei Tage. Dann zwei. Noch ein Tag …

Ich fragte mich oft, wo wir am nächsten Tag um diese Zeit sein würden. Aber ich nahm mich zusammen. Ich würde es erst glauben, wenn wir im Auto säßen.

Zum letzten Mal räumte ich das Frühstücksgeschirr weg, kehrte den Innenhof, wusch noch einige Kleider. Das hätte ich natürlich nicht zu tun brauchen, denn wir durften sowieso nichts mitnehmen, aber ich musste mich beschäftigen, sonst wäre die Spannung unerträglich geworden.

Sam kaute auf den Fingernägeln herum und hatte ein hochrotes Gesicht vor Aufregung. Wenn er so weitermachte, würde er noch alles verraten.

»Hol Wasser für mich«, sagte ich streng.

Nach dem Waschen half ich Tante Fatima bei der Zubereitung der Sardinen. Sie hatte sie frisch von dem Händler gekauft, der mit seinem Esel die Höfe abklapperte. Ich zwang mich, davon zu essen, um nicht aufzufallen, da jeder wusste, wie gern ich Fisch mochte.

Als ich mich nach dem Essen draußen hinlegte, um etwas zu schlafen, kam auch Sam mit seinem Schaffell, das er hinter mir ausbreitete. Ich spähte zu Tante Fatima und den anderen herüber, die auch unter einer Decke lagen und Mittagsruhe hielten. Dann schloß ich die Augen.

»Was ist, wenn es nicht klappt, Nadia?« flüsterte Sam.

Sein Gequengel ärgerte mich maßlos.

»Wir tun, was wir immer tun. Wir gehen doch jeden Abend zum Brunnen, um uns zu waschen. Dann bleiben wir doch auch eine Weile weg. Dabei hat sich noch nie jemand etwas gedacht. Wir nehmen einen Eimer mit. Dann fällt es nicht auf.«

»Ja, aber wir sind noch nie zusammen gegangen. Wer geht zuerst?«

»Wir werden sehen. Verdirb es bloß nicht, du Dummkopf.«

»Du hältst dich wohl für besonders schlau. Dabei sieht man dir an, dass du etwas vorhast.«

»Was heißt das nun wieder?«

»Du sieht viel zu fröhlich aus. Und singen tust du auch. Tante Fatima hat dich vorhin verwundert angeschaut.«

»Ach was, das mache ich sonst auch.«

»Hier habe ich dich kaum singen hören. Und die anderen wahrscheinlich auch nicht.«

Vielleicht hatte Sam recht, ich wollte es aber nicht zugeben. Demonstrativ schloss ich die Augen und antwortete nicht mehr auf seine Fragen.

Ein angenehmer Backduft weckte mich. Ich sah auf die Uhr. Fünf. Ein Wunder, dass ich so lange geschlafen hatte. Fast drei Stunden.

Ich half Tante Fatima mit dem Tee. Dann kamen die Männer nach Hause. Mein Herz fing heftig an zu klopfen. Ich würde Ahfid lange Zeit nicht sehen.

Ich kriegte keinen Bissen vom Kuchen hinunter. Sam saß ganz steif da. Er war so nervös, dass er die ganze Zeit mit den Augen blinzelte.

»Was hast du, Sam?« fragte Onkel Aissa besorgt.

»Ich weiß nicht. Durchfall, glaube ich«, stammelte Sam, so rot wie eine Boje. Er stand auf und rannte durch das Tor. Gut gemacht, dachte ich und lobte ihn im Stillen.

»Das kommt vom vielen Schaffleisch«, sagte Tante lachend.

Es war nur noch ein Stück Fleisch übrig, das am Abend mit *couscous* gegessen werden sollte. Aber wir würden nicht dabei sein.

Ich stand auch auf, weil ich zu unruhig war, noch länger zu sitzen, und schloß den Hühnerstall ab. Dann brachte ich den Hunden frisches Wasser. Wer würde sich um sie kümmern, wenn ich weg war? Niemand, wusste ich. Eine Katze streifte meine Beine.

Plötzlich stand Ahfid neben mir und streichelte über mein Haar. Ich sah über die Schulter, um mich zu vergewissern, dass wir allein waren.

»Heute abend gehe ich, Ahfid«, sagte ich und schluckte.

Er sah mich ungläubig an. Ich hätte mir die Zunge abbeißen können. Stell dir vor, dass er uns verraten würde!

Aber als ich seinen warmen Blick sah, war ich beruhigt. Ich ließ mich von ihm in die Arme nehmen. Er küsste mich ganz lange.

»Mach's gut, Nadia«, flüsterte er und rannte davon, als wäre er auf der Flucht.

Alles ging jetzt sehr schnell. Als ich Onkel Aissa half, die Kühe in den Stall zu treiben, sah ich, dass Sam in unser Zimmer verschwand. Ich folgte ihm, um zu sehen, was er dort anstellte. Er hatte seine Lieblingshose angezogen und war dabei, einige Sachen auszusortieren.

»Du nimmst nichts mit, Sam. Hörst du? Du darfst nichts mitnehmen!«

»Ich weiß.«

Seufzend setzte er sich auf den Boden. Mir kam es vor, als würde er sich von seinen Computerspielen, Kleidern und Büchern verabschieden. Ich folgte seinem Beispiel. Morgens hatte ich schon sorgfältig ein Kleid ausgesucht und wollte keinen Mantel mitnehmen. Ich trug die Plastiksandalen, die ich in Caboujawa aufgegabelt hatte. Das schien mir schon eine Ewigkeit her.

»Es ist fast halb acht«, sagte Sam.

Ich nickte.

Allmählich wurde es dunkel. Eigentlich sollte ich jetzt mit einem Eimer zum Brunnen gehen, um mich vor dem Beten zu waschen. Aber ich schob es auf, holte dafür die trockene Wäsche von der Leine und legte sie zusammen. Ich nahm ein Tuch heraus und knotete es mir ins Haar. Tante nickte mir wohlwollend zu.

Sam schlüpfte bereits durch das Tor.

Es war noch viel zu früh!

Sie würden misstrauisch werden.

Mein Körper war angespannt wie eine Feder.

Wir durften bloß keinen Fehler machen!

Jeder war mit sich beschäftigt, so dass niemand groß auf mich achtete. Auch Sams Abwesenheit schien nicht aufzufallen. Onkel

Aissa unterhielt sich mit einigen Söhnen. Ahfids Augen folgten mir auf Schritt und Tritt. Manchmal kreuzten sich unsere Blicke. Dann nickte er mir ermutigend zu. Wann würde ich ihn wiedersehen?

Als ich auf meine Uhr sah, war es bereits acht. Tante Fatima war in der Küche mit dem Essen beschäftigt. Meine Cousinen ebenfalls.

Ich brachte ihnen einige Zwiebeln und schlenderte ruhig wieder nach draußen, nahm einen Eimer und verließ den Hof, als wäre es die normalste Sache der Welt.

Niemand hielt mich auf.

Ich versteckte den Eimer hinter den Schuppen und rannte quer über das Feld zur Straße. Es war bereits sehr dunkel. Hin und wieder stolperte ich.

Plötzlich stieß ich mit jemandem zusammen. Mein Herz blieb stehen. Aber es war Sam, der ungeduldig auf mich gewartet hatte.

»Schnell«, zischte er. »Das Auto ist schon da.«

Im Dunkeln konnte ich vage die Umrisse eines Mercedes erkennen, der mit ausgeschalteten Scheinwerfern wartete. Wir sprangen über das Rohr, durch das das Wasser zum Acker geleitet wurde, und blieben zögernd vor dem Auto stehen. Ob überhaupt jemand darin saß?

Dann wurde die Wagentür geöffnet, und wir hörten Alis dunkle vertraute Stimme. »Schnell, Kinder. Einsteigen!«

Wir ließen uns auf den Rücksitz fallen. Die Tür wurde zugeschlagen, das Auto startete und raste davon.

Als ich mich endlich traute, aus dem Fenster zu schauen, war von Onkel Aissas Hof nichts mehr zu sehen.

Nach Hause

Meine Zähne klapperten vor Angst. Sam hing im Sitz und sah aus, als wäre ihm übel. Ich nahm seine Hand und drückte sie.

Dann erst sah ich mir die anderen Menschen im Auto an. Sie sahen angespannt aus, als wären sie auf das Schlimmste vorbereitet. Der einzige, den ich kannte, war Ali, und ich warf ihm einen dankbaren Blick zu. Neben ihm saßen zwei kleine Jungen, auf den Vordersitzen ein Mann und eine Frau. Ich konnte nur ihre Hinterköpfe erkennen. Die Frau hatte kurzes schwarzes Haar und trug kein Kopftuch, der Mann war schon ziemlich kahl.

»Wir haben es geschafft!« Ali lachte erleichtert.

Der Mann drehte sich zu uns um.

»Vorläufig ja, jetzt noch durch den Zoll.«

»Fahren wir gleich zur Grenze?« fragte ich in panischer Angst.

Ich wusste, dass es bei Nador, wo wir die Grenze zwischen Marokko und Spanisch-Marokko überqueren mussten, am kritischsten sein würde. Die Hafenstadt Melilia, einige Kilometer weiter, ist bereits spanisches Territorium. Von dort aus legten die Schiffe nach Europa ab.

»Ja, wir fahren gleich weiter«, antwortete Ali. »Das ist sicherer, denn wenn euer Verschwinden entdeckt wird, wird sofort Alarm geschlagen werden. Dein Onkel kennt den Kommissar von Zaio sehr gut, und für ihn ist es eine Kleinigkeit, alle Grenzposten zu alarmieren. Sie wissen natürlich nicht, dass ihr mit dem Auto unterwegs seid. Es wäre naheliegender, dass ihr allein versucht, den Flughafen in Oudja zu erreichen. Unsere einzige Chance ist also unsere Geschwindigkeit.«

»Fährt heute abend noch ein Boot?« fragte Sam plötzlich wieder munter.

»Nein, heute nicht mehr. Erst morgen abend um zehn. Aber wir erwarten am Hafen keine Schwierigkeiten. Die Grenze ist gefährlicher.«

In hohem Tempo passierten wir Zaio.

»Das sind übrigens Herr und Frau Zannahi mit ihren beiden kleinen Söhnen«, führ Ali ruhig fort. »Ihr seid ihre Kinder Miloud und Farida. Farida ist vierzehn und Miloud sechzehn. Der kleine Altersunterschied spielt keine Rolle. Farida und Miloud sind bei einer Tante in Belgien geblieben, weil sie sich auf ihre Prüfungen vorbereiten müssen. Ihr habt zwar nicht viel Ähnlichkeit mit den Bildern im Paß, aber wenn ihr euch schlafend stellt, wird das nicht auffallen.«

Ich stammelte einige Dankesworte zu dem Paar, das bereit war, uns zu helfen. Auch wenn sie es für Geld taten, gingen sie trotzdem ein Risiko ein, und dafür würde ich ihnen mein Leben lang dankbar sein.

Die Frau drehte sich um und ermahnte die beiden Jungen weiterzuschlafen. Ich legte meinen Kopf auf Sams Schulter und schloss die Augen. Meine Zähne klapperten noch immer. Am liebsten hätte ich losgeheult.

»Dort ist die Grenze schon!« zischte Ali kurze Zeit später.

Das Auto hielt an, und er stieg aus. Ich geriet in Panik, doch er beruhigte mich.

»Morgen komme ich zu euch nach Melilia, zuerst muß ich mich aber in Zaio umhören.«

Ich sah ihm nach, als er in Richtung Nador verschwand.

Das Auto fuhr langsam weiter und hielt einige Minuten später wieder an. Ich hörte Stimmen.

»Papiere! Etwas zu verzollen?« fragte eine barsche Stimme.

Mein Blut strömte wie kochende Lava durch meinen Körper,

der heftig anfing zu jucken. Ich redete mir zu, ruhig zu bleiben. Ich spürte, dass auch Sam zitterte.

Mindestens fünf Minuten vergingen, bis der Zollbeamte die Pässe kontrolliert hatte. Mit einer Taschenlampe leuchtete er über unsere schlafenden Gesichter und zählte die Namen der Kinder auf. Herr Zannahi machte einen Witz, den ich nicht verstand.

Die ganze Prozedur dauerte eine Ewigkeit. Als Herr Zannahi den Kofferraum aufmachen musste, schwitzte ich wie ein Pferd. Lange würde ich das nicht mehr aushalten.

Dann sagte eine schwere Stimme, dass alles in Ordnung sei. Als das Auto startete, schnaufte Sam erleichtert und richtete sich auf.

»Bleibt noch liegen, Kinder, wir müssen noch durch den spanischen Zoll.«

Dort dauerte es zum Glück nicht so lange. Die Beamten wollten nur die Pässe sehen und wissen, welche Route wir fahren würden. Als das Auto wieder anfuhr, öffnete ich vorsichtig die Augen. Herr Zannahi drehte sich um und streckte uns die Hand entgegen.

»Herzlich willkommen im Land der Freiheit!« sagte er scherzend, und mir schossen die Tränen in die Augen.

Und so etwas sagte ein Marokkaner …

In Melilia wurden wir in einem baufälligen Haus untergebracht, in dem eine alte Frau wohnte. Sie war von Kopf bis Fuß in schwarz gekleidet, aber sehr freundlich. Sie gab uns zu essen und zeigte uns danach unser Zimmer, wo Sam und ich sofort einschliefen. Endlich wieder in einem richtigen Bett!

Ich träumte, dass wir verfolgt wurden, und als ich aufwachte, stellte ich verwundert und erleichtert fest, dass es bereits taghell war. Jetzt erst wagte ich, an Mama zu denken, und mich auf den Moment zu freuen, an dem wir endlich wieder bei ihr sein würden. Vor lauter Spannung und Erwartung bekam ich ein komisches Gefühl im Bauch.

Als Sam und ich nach unten gingen, wartete Ali bereits auf uns. Wir bekamen ein einfaches Frühstück.

»In Zaio ist der Teufel los«, sagte Ali. »Deine Onkel haben sofort den Flughafen und die Grenzposten alarmiert. Anfänglich hatten wir geplant, dass die Zannahis sich in Tanger einschiffen sollten, aber zum Glück haben wir es uns anders überlegt. Hier können eure Onkel nicht viel erreichen, weil wir uns auf spanischem Gebiet befinden. Aber mit Sicherheit wird einer von ihnen an der Fähre stehen, um zu sehen, ob ihr mitfahren werdet.«

»Ojee!« Sam seufzte.

»Nein, du brauchst dir keine Sorgen zu machen. Ihr fahrt mit dem Auto aufs Schiff und bleibt sitzen, bis das Schiff abgelegt hat.«

»Gibt es denn beim Einschiffen keine Kontrolle?« fragte Sam besorgt.

»Ihr müsst nur die Tickets zeigen, und darauf sind keine Namen eingetragen. Das geht sehr schnell.«

Ich war in Gedanken bei Ahfid und Tante Fatima, dachte an Großmutter und die Onkel. Wie würden sie sich fühlen? Betrogen? Enttäuscht? Würden sie sich große Sorgen machen?

Sam spielte mit den beiden Jungen. Er schien seine Angst überwunden zu haben. Ich aber erwartete immer noch, dass einer der Onkel aufkreuzen würde.

Der Tag dauerte endlos. Ali telefonierte hin und wieder nach Zaio, um sich nach dem letzten Stand der Dinge zu erkundigen. Nach jedem Anruf sah er etwas fröhlicher aus.

»Eure Verwandten gehen noch immer davon aus, dass ihr allein unterwegs seid. Sie werden vor allem auf dem Flughafen und vor der belgischen Botschaft Ausschau halten.«

»Aber sie können doch nicht überall gleichzeitig sein«, sagte ich.

»Warum denn nicht? Sie haben genug Helfer. Es reicht ja, wenn einer am Eingang steht.«

Ich malte mir ängstlich aus, dass wir entgegen allen Erwartungen doch noch Schwierigkeiten bekommen würden und zur Botschaft müssten, wo wir Onkel Fouad in die Arme laufen würden.

»Woher wissen Sie so gut Bescheid, Ali?« fragte Sam neugierig.

»Ich habe eben gute Beziehungen.«

»Jemand von der Verwandtschaft? Jemand, der auf unserer Seite steht?«

Aber diese Fragen wollte Ali nicht beantworten.

Ich hatte mich während des Tages beruhigt, und als es Abend wurde und Zeit war aufzubrechen, war ich bereit, sämtlichen Gefahren ins Auge zu sehen.

Wie in Trance zog ich ein Kleid von Farida an. Sam trug eine Jacke von Miloud, die ihm viel zu groß war.

»Hier habt ihr einen Kaugummi«, sagte Herr Zannahi freundlich.

Wir kauten, als würde unser Leben davon abhängen. Jedenfalls wirkte es beruhigend.

»Ali, Sie gehen doch mit, oder?« fragte Sam flehend.

Er sah so klein in der viel zu großen Jacke aus.

»Natürlich! Ich muß dir doch nachwinken? Und danach rufe ich deine Mutter an, um ihr zu sagen, dass ihr gut abgereist seid. Sie hat mir die Nummer gegeben, wo ich sie erreichen kann.«

Erneut krampfte sich mein Magen zusammen. Es konnte also doch noch einiges schiefgehen.

Dann fuhren wir zum Hafen.

»Duckt euch, Kinder«, sagte Herr Zannahi leise.

Ich rutschte zusammen mit Sam auf den Boden, so dass man unsere Gesichter von außen nicht sehen konnte. Zum Glück war es schon dunkel..

Auf dem Parkplatz mussten wir lange warten, bis Herr Zannahi mit den Schiffskarten aus dem Hafenbüro zurückkehrte. Dann fuhr er das Auto auf die Wartespur. Zum Glück standen wir ziemlich weit vorne.

Ab und zu spähte ich vorsichtig aus dem heruntergekurbelten

Fenster, aber auf dem Parkplatz rannten nur Kinder herum, weil ihnen das Warten zu lange dauerte. Dann sah ich von weitem die Lichter das Schiffes, das uns in die Freiheit bringen würde. Es war schwül und ich schwitzte. Sam verhielt sich mucksmäuschenstill, so dass ich glaubte, er sei eingeschlafen. Manchmal stieg Herr Zannahi aus, und wenn er zurückkam, flüsterte er etwas mit seiner Frau. Seine tiefe Stimme jagte mir jedesmal einen Schrekken ein.

Dann kündigte die zunehmende Betriebsamkeit das Beladen des Schiffes an. Motoren heulten auf. Benzinqualm drang in meine Nase. Hier und dort wurde gerufen. Ich zitterte am ganzen Körper und meine Nerven waren angespannt wie Drahtseile. Ich stellte mir vor, dass Onkel Fouad die Autotür aufreißen und uns hinauszerren würde.

Endlich fuhr das Auto unter Ruckeln durch einen dunklen Tunnel auf die Fähre. Wir waren in Sicherheit!

Das Schiffshorn hupte einige Male, und schwankend setzte sich das Boot in Bewegung.

Herr und Frau Zannahi waren mit ihren Söhnen an Deck gegangen. Sam und ich mussten noch eine Weile im stickigen Auto warten. Wir wagten es kaum zu sprechen.

So eine Abreise möchte ich nie wieder erleben, eingesperrt in einem abgeschlossenen Raum, ohne auch nur irgend etwas zu sehen. Mir schien es Stunden zu dauern, bevor das Schiff spürbar vorankam. In Gedanken sah ich die Entfernung zwischen dem Boot und dem Kai immer größer werden.

»Gehen wir jetzt nach oben, Sam?« fragte ich ungeduldig.

»Bist du verrückt? Wir warten noch. Man könnte uns von der Küste aus sehen.«

»Es ist doch dunkel.«

»Das Schiff ist aber beleuchtet. Wir warten lieber noch etwas.«

Nach weiteren zehn Minuten kam Herr Zannahi, um uns zu holen.

»Die Luft ist rein, Kinder. Einer eurer Onkel stand am Kai und hat die Fahrgäste beobachtet. Aber euch hat er natürlich nicht gesehen.«

»Welcher Onkel?« fragte Sam.

»Omar.«

»Kennen Sie ihn denn?« fragte ich verwundert.

»Natürlich, wir sind doch Nachbarn.«

Darüber musste ich eine Weile nachdenken und suchte vergeblich nach einer Erklärung, warum diese Menschen uns helfen wollten.

Von der Reise durch Spanien und Frankreich weiß ich nicht mehr sehr viel. Das Auto legte Kilometer um Kilometer zurück und brachte uns immer dichter nach Hause. An den Grenzen hatten wir keinerlei Schwierigkeiten.

In Paris hatte ich endlich das Gefühl, fast zu Hause zu sein. Es regnete, und ich zitterte, da ich ja keinen Mantel hatte.

Am Mittwochnachmittag um vier Uhr erreichten wir Antwerpen, und meine Augen sogen gierig alles Bekannte auf. Vor einer roten Ampel mussten wir halten. Es nieselte. Der nasse Asphalt war eine Augenweide. Weggeduckt in ihren Regenmänteln hasteten die Menschen über die Straße. Für sie hatte sich nichts verändert, aber ich hatte Monate im Staub und in der Hitze verbracht.

Herr Zannahi brachte uns direkt zu der Wohnung, die meine Mutter gemietet hatte. Ich hatte Hunger und war müde. Sam zappelte nervös auf dem Sitz herum.

Es war komisch, vor einem fremden Haus zu halten. Das Hochhaus gefiel mir nicht besonders gut. Automatisch hatte ich immer an unser altes Haus gedacht.

Dann kam Mama nach draußen gerannt und zog uns aus dem Auto. Ich war todmüde, aber gleichzeitig unendlich froh und dankbar, dass der Alptraum vorbei war und wir wieder alle zusammen waren. In seinem Indianerkostüm flog Benny mir wie ein Wilder in die Arme. Dann schluchzte ich vor Freude los.

Wieder zu Hause

Er war eine merkwürdige Erfahrung, in eine fremde Wohnung nach Hause zu kommen. Die Möbel waren zwar die gleichen und strahlten immerhin etwas Vertrautes aus, aber die erste Zeit sah ich mich verwundert um. Die Gardinen waren zu kurz. Komisch, dass einem solche Kleinigkeiten auffallen.

»War es sehr schlimm für euch?« fragte Mama immer wieder, und wir nickten nur. Ich fühlte mich dreckig und hatte Hunger, mein Gesicht war vom Weinen verquollen. Ich hatte Lust auf Kaffee und Limonade und ein weiches Bett, in dem ich endlich ungestört schlafen konnte.

Aus der Küche stieg ein herrlicher Bratenduft.

»Was essen wir heute, Mama?« fragte Sam sachlich. Es hörte sich fast an, als wären wir nie weggewesen.

»Ich brate ein Hühnchen, dazu gibt es Reis und Currysoße.«

»Mmm, fein«, sagte ich erfreut. »Gibt es auch Kaffee?«

»Natürlich, und frischer Käse ist auch da.«

Abwechselnd nahm ich einen Bissen von dem Käse und schlürfte den heißen Kaffee. Sam durchschnüffelte mit viel Lärm die Küchenschränke.

Ich ging mit meiner Kaffeetasse zu ihm.

Die Küche war sehr klein, das Spülbecken altmodisch, Herd und Kühlschrank hatte Mama mitgebracht. Ich warf einen Blick in den Kühlschrank, der vollgepackt war mit Käse, Limonade, Milch, Gemüse, Obst und Fleisch. Alles war da! Die Currysoße duftete und ließ mir das Wasser im Mund zusammenlaufen.

Mama folgte uns auf Schritt und Tritt. Aber wir sprachen kaum, da Sam und ich uns zuerst an die neue Umgebung gewöhnen mussten.

Ich ging durch die kleine Diele und öffnete eine Tür. Dahinter war ein Schlafzimmer mit einem Etagenbett. Auf dem Boden flogen Bennys Spielsachen herum. Das hier war also das Jungenzimmer. Ich ging weiter und entdeckte hinter einem querstehenden Bücherregal mein Bett. Dies war meine Ecke! Ich sah aus dem Fenster. Unsere Wohnung befand sich im zweiten Stock, unter mir sah ich Gärten und Hinterhofmauern.

Durch eine andere Tür kam ich ins Badezimmer, das sehr einladend aussah. Auf den gelben Fliesen lagen neue Vorleger, und an den Haken hingen frische Handtücher. Welch ein Unterschied zu Marokko, wo man alles auf den Boden legen musste.

Als ich den Warmwasserboiler sah, konnte ich nicht länger widerstehen und ließ die Wanne vollaufen. Genüsslich stieg ich in das heiße Wasser und seifte mich ein. Ich hätte stundenlang liegenbleiben können, doch dann rief Mama mich.

»Nadia! Was machst du? Das Essen steht auf dem Tisch!«

»Ich liege aber in der Wanne.«

»Raus mit dir! Das Essen wird kalt.«

»Bringst du mir was zum Anziehen?«

Lachend warf Mama mir einen Bademantel zu.

Mit nackten Füßen setzte ich mich an den Tisch. Sam warf einen sehnsüchtigen Blick in die Diele. »Darf ich auch …?«

»Nach dem Essen«, unterbrach Mama ihn. »Du hast nachher genug Zeit, alles nachzuholen.«

Benny wippte unruhig auf seinem Stuhl und stocherte in seinem Essen herum. Dann stand er auf, um weiterzuspielen. Er hatte nicht einmal die Hälfte gegessen. Mama seufzte.

»Er ist wieder genauso wie früher. Er isst wie ein Spatz.«

Ich dachte an das Ei, das ich in Marokko für ihn gestohlen hatte. Damals hatte er gut gegessen, gefressen könnte man fast sagen. Wahrscheinlich war hier die Auswahl zu groß.

»Was werden sie jetzt wohl tun?« fragte ich, während ich gierig Huhn und Reis in mich hineinstopfte.

Mama sah mich fragend an, doch Sam begriff sofort, was ich meinte, und lachte mit vollem Mund.

»Wie spät ist es? Sechs Uhr. Dort ist es also vier. Sie stehen gerade von ihrem Mittagsschlaf auf und warten auf den Tee.«

Mir war, als würde ich es wieder an Ort und Stelle erleben. Dann spürte ich, dass Mama mich prüfend ansah. Sie machte einen traurigen Eindruck.

Ich nahm ihre Hand.

»Was ist? Freust du dich nicht? Jetzt sind wir doch wieder zusammen.«

Plötzlich fing sie an mit trockenen Schluchzern zu weinen. Sam und ich erschraken und wollten sie trösten.

»Aber warum weinst du Mama?«

»Ich weiß nicht. Ich bin auch sehr glücklich. Aber ich habe so lange nicht mehr gemalt.«

Mir fiel ein, dass sie wahrscheinlich in der klitzekleinen Wohnung keinen Platz für sich hatte. Sie schlief sogar auf dem Wohnzimmersofa, hatte sie gesagt. Im alten Haus hatten wir acht Zimmer und einen Dachboden mit viel Licht gehabt, außerdem einen Garten und einen Keller. Hier gab es eigentlich nur das große Wohnzimmer, um …

»Dann stell doch deine Staffelei ans Wohnzimmerfenster, Mama. Wenn du malen willst, lassen wir dich allein.«

Mama schüttelte etwas wehmütig den Kopf.

»Das geht nicht, bei dem schlechten Licht.«

Damit war das Thema vorläufig abgehakt, denn Sam machte den Fernseher an, und ich setzte mich mit einer Tüte Kartoffelchips zu ihm. Ich seufzte müde, aber zufrieden. Es war großartig, wieder zu Hause zu sein, auch wenn wir nicht mehr im alten Haus wohnten.

Mama hatte noch eine Woche Urlaub, und diese verbrachten wir wie im Rausch. Wir aßen, was und wann wir wollten, machten Ausflüge und Einkaufsbummel, ohne auf die Zeit zu achten. Allmählich begriffen wir jedoch, dass Mama Geldsorgen hatte. Sie hatte große Schulden machen müssen, um uns nach Hause zu holen. Außerdem hatte sie den Umzug und den Anwalt bezahlen müssen. Wir brauchten neue Kleider und Sachen für die Schule, die in zwei Wochen wieder anfangen würde. Obwohl sie viele Sorgen haben musste, verlor sie kein Wort darüber.

Als Sam sah, wie sie hin und her rechnete, schlug er vor, das große Haus zu verkaufen.

»Das gehört doch dir, du hast es doch von deinem Vater geerbt.«

»Das habe ich schon verkauft«, sagte Mama. »Ich konnte die Hypothek nicht mehr ablösen.«

»Und deine Verwandten? Können sie dir nicht helfen?«

»Welche Verwandten?« fragte Mama hämisch.

Als Mama wieder arbeiten musste, war es aus mit der Gemütlichkeit. Wir waren den Tag über auf uns selbst gestellt, und es dauerte nicht lange, bis wir uns tüchtig in die Haare kriegten.

Aus unseren Plänen, in den Zoo oder zum Fluß zu gehen, wurde nichts, weil das Wetter nicht mitspielte. Es regnete pausenlos, und es war lausig kalt. Meistens blieben wir also zu Hause und spielten irgendwelche Gesellschaftsspiele.

Benny war unausstehlich und hoffnungslos verwöhnt, und Sam benahm sich wieder genauso arrogant wie früher. Er ärgerte mich unentwegt. Dabei hatte ich gedacht, dass unser gemeinsames Abenteuer uns einander näher gebracht hätte.

Manchmal, wenn wir viel Krach machten, klopften die Nachbarn an die Wand.

Weil wir so lange gefehlt hatten, wurden wir nicht versetzt. Mama hatte uns in einer Schule in der Nähe angemeldet. Das konnte Sam nicht verkraften.

»So was Blödes! Ich hab keine Lust, alles zu wiederholen!« schimpfte er ohne Unterlass.

»So schlimm ist es doch nicht«, versuchte ich ihn zu beruhigen. »Und besser als in Zaio zur Schule gehen zu müssen ist es allemal. Außerdem kennt niemand uns.«

»Ich habe keine Lust, ein Jahr länger zu warten, bis ich zur Landwirtschaftsschule kann.«

»Warum willst du denn ausgerechnet dorthin?«

»Damit ich später in Marokko einiges verbessern kann.«

»Sag das Mama lieber nicht.«

»Warum nicht? Ich tu es sowieso, wenn ich das will.«

»Du bist verrückt!«

»Dann bin ich eben verrückt!« Böse stiefelte er aus dem Zimmer und schlug die Wohnungstür hinter sich zu.

In diesem Moment kam Benny schreiend und mit seiner Pistole ballernd aus seinem Zimmer gerannt.

»Hör auf damit! Du machst mich noch völlig verrückt.«

»Päng! Päng! Das macht doch nichts. Dann wirst du eben verrückt.«

Er sagte es so herausfordernd, dass ich ihm eine Ohrfeige gab. Er brüllte los. Ich hielt die Hände vor die Ohren und kreischte ebenfalls.

Hatte ich deshalb so für meine Freiheit gekämpft?

In der Küche musste ich allein klarkommen. Meine Brüder machten so ein Durcheinander, dass ich die Zimmer zweimal am Tag aufräumen musste, damit es wieder einigermaßen wohnlich aussah. Wenn ich sie fragte, es selbst zu tun, lachten sie mich aus. Ich hatte keine Freundinnen, mit denen ich mich aussprechen konnte, denn sie wohnten zu weit weg. Außerdem musste ich bei Benny bleiben.

Das gute Essen, der Luxus eines Badezimmers, das Lesen und der Fernseher, alles wurde wieder so selbstverständlich, dass wir es bald nicht mehr zu schätzen wussten.

Manchmal ertappte ich mich sogar dabei, dass ich mich nach dem Bauernhof von Onkel Aissa sehnte. Die Menschen dort besaßen nichts, aber sie hielten zueinander und konnten zusammen lachen und Spaß haben. Hier hatten wir alles, nur gemütlich war es nicht.

In unserem Hochhaus wohnten zehn Familien. Ich kannte nicht eine von ihnen. Manchmal nickte mir jemand im Aufzug oder im Supermarkt zu, aber keiner fragte, ob wir es allein schafften. Niemand kümmerte sich um uns. Dabei wussten sie doch, dass Mama arbeiten musste. Jeder lebte für sich in seinen eigenen vier Wänden, und dieser Friede sollte von niemandem gestört werden.

Am Samstagvormittag gingen wir mit Mama einkaufen. Dienstag würde die Schule anfangen, und wir brauchten noch einige neue Sachen.

Als wir nach Hause kamen, verschwand Sam sofort wieder, angeblich um frische Luft zu schnappen.

»Bleib nicht so lange weg, Sam. Wir essen gleich«, rief Mama ihm hinterher.

Ich bezweifelte, dass er es gehört hatte.

»Ein richtiger Marokkaner«, murmelte ich wütend vor mich hin.

Mama zog die Augenbrauen hoch.

»Was meinst du damit?«

»Genau das, was ich sage. Immer auf der Straße herumhängen. Wie Vater«, antwortete ich.

»Vater, ja. Er konnte sich zu Hause auch nicht beschäftigen. Eigentlich konnte er nichts dafür.«

»Er konnte nichts dafür? Dass er so schwierig war?«

»Ja.«

Mama schwieg. Aber ich wollte mehr wissen.

»Heißt das etwa, dass du Mitleid mit Papa hast?«

»Mitleid ist ein großes Wort. Er wurde von Armut und Aussichtslosigkeit aus seinem Land getrieben. Ihm wurden hier goldene Berge versprochen. Gewissermaßen stimmt das auch. Sie bekommen ja genug Geld und soziale Sicherheit. Aber sie fühlen sich gefangen. Verstehst du mich, Nadia?«

»Nein, kein Wort.«

»Was macht ein Mann in Marokko? Er arbeitet hart, sehr hart, und in seiner Freizeit sitzt er draußen und unterhält sich mit Verwandten oder Nachbarn. Das ist sein Leben. Wer nicht arbeitet, hat nichts zu essen, oder man muß auf Kosten von Vater oder Sohn leben. Sie tun alles, um etwas verdienen zu können. Und wie ist es hier? Hier ist alles so einfach: Wer keine Arbeit hat, bekommt trotzdem genug zu essen. Warum also sollte man sich Mühe geben? Und wer keine Arbeit hat, hat eine Menge Zeit, mit der er nichts anfangen kann. Also streunen die Männer herum, hocken stundenlang in den marokkanischen Läden und langweilen sich. Zu allem Übel regnet es hier meistens. Wenn sie lange drinnen bleiben müssen, drehen sie durch.«

»Aber das erklärt doch nicht, dass Vater …?«

»Es erklärt einiges, Nadia. Die Gastarbeiter haben ihre Kultur und ihre Gewohnheiten verspielt, eingetauscht für das tägliche Brot. Brot ist natürlich sehr wichtig, aber trotzdem … Würdest du jahrelang in Marokko wohnen können? In einer großen Familie, die immer anwesend ist?«

»Nein.«

»Siehst du, für Gastarbeiter ist es genauso schwer, sich unserem Leben anzupassen, und ohne Familie, ohne Gastfreundschaft auskommen zu müssen.«

»Warum gehen sie denn nicht zurück?«

»Zurück? Dass ich nicht lache! Wenn man jeden Monat Geld bekommt, ohne etwas dafür zu tun? Noch dazu Geld für die Kinder, damit man Essen und Kleider für sie kaufen kann. Die meisten von ihnen wohnen recht komfortabel und haben sogar noch Geld übrig, um hin und wieder in die Heimat zu fahren, und dort den reichen Onkel rauszuhängen. Keiner von ihnen möchte zurück, auch wenn er hier zugrunde geht. Und ihre Kinder? Meinst du etwa, dass sie zurückwollen? Dass sie sich wieder an das Barfuß-durch-den-Staub-Gehen gewöhnen werden? Oder an die Kartoffeln mit Zwiebeln? Ohne Spielzeug, ohne Bücher, ohne Fernseher?«

»Nein, wahrscheinlich nicht.« Ich zuckte widerwillig mit den Schultern. Mir war es nicht recht, dass Mama Vater so offensichtlich in Schutz nahm, als würde sie alles gutheißen ...

»Aber geschieden seid ihr, oder?« fragte ich, um das Thema zu wechseln.

Mama lachte. »Ja, und ihr drei wurdet mir zugesprochen. Vater hat Besuchsrecht bekommen, aber da er bei dem Scheidungstermin vor Gericht nicht anwesend war, weiß ich nicht, ob er es weiß.«

»Weißt du, wo er jetzt wohnt?«

»Nein, und ich will es auch nicht wissen!«

Ihr scharfer Ton jagte mir einen Schrecken ein.

»Aber du hast doch gesagt, dass er nicht an allem schuld ist?«

»Es ist nicht seine Schuld, dass die Gastarbeiter Anpassungsschwierigkeiten haben. Aber er ist schuld daran, dass in unserem Haus die Hölle los war. Seine Vorwürfe hörten nicht mehr auf: Eine Marokkanerin macht dieses und jenes anders, sie knotet sich ein Tuch um den Kopf, das Essen hier ist abscheulich, ein Frisörbesuch ist unnötig, die Kinder sind schlecht erzogen, das Haus ist schmutzig, der Abwasch steht rum, die Wäsche ist nicht fertig ... Sogar Bennys Asthma hat er mir vorgeworfen. Mir hat es einfach gereicht.«

Plötzlich rannte sie in die Küche, um nach dem Essen zu sehen. Die Soße war schon angebrannt.

Zusammen mit Benny deckte ich den Tisch.

Als wir essen wollten, war Sam noch immer nicht zurück.

»Er wird genauso wie Vater. Dann können wir für ihn auch das Essen aufwärmen«, sagte ich spöttisch.

Mamas Augen nahmen einen harten Ausdruck an.

»Das werden wir sehen«, sagte sie fest entschlossen und schöpfte Sams Teller voll.

Nachdem wir gegessen hatten, ließ sie alles stehen und setzte sich mit einem Buch auf das Sofa.

Zehn Minuten später kam Sam. Schweigend setzte er sich an den Tisch.

»Alles ist kalt!« schimpfte er.

Mama bestätigte dies, ohne von ihrem Buch hochzuschauen.

Sam stocherte eine Weile in seinem Essen herum, aß etwas und schob dann den Stuhl nach hinten. Als er in sein Zimmer gehen wollte, rief Mama ihn zurück.

»Wohin gehst du, Sam?« fragte sie.

»In mein Zimmer. Ich muss mal sehen, ob ...«

»Das kannst du machen, wenn du den Tisch abgeräumt und das Geschirr gespült hast.«

»Was? Ich?«

»Ja, du!«

»Das mache ich nicht.«

Mama wurde ausfallend. »Du spülst, zum Donnerwetter, oder die Pfanne landet auf deinem Kopf. Und damit du es fürs nächste Mal weißt: Wenn du zu spät zum Essen kommst, räumst du selbst auf.«

Sam kapierte, dass Mama es ernst meinte. Gehorsam stapelte er die Teller zusammen und trug sie in die Küche. Ich hörte, dass er anfing zu spülen. Grinsend vertiefte ich mich wieder in mein Buch. Das hast du prima gemacht, Mama!

An diesem Abend schrieb ich Ahfid einen langen Brief. Ich erinnerte mich an die schönen Momente, die wir zusammen erlebt hatten, und wünschte, ihn bald wieder sehen zu können.

Dann fiel mir ein, dass ich Mama noch gar nichts von Ahfid erzählt hatte. Ob ich befürchtete, dass sie ihn ablehnen würde oder dass er ihr gleichgültig sein würde? Oder wollte ich mein Geheimnis mit niemandem teilen?

Nein, ich hatte nur einfach noch keine Gelegenheit gehabt, vertraulich mit ihr zu sprechen. Immer waren Sam oder Benny dabei.

In der Wohnung war es still. Sam und Benny schliefen bereits. Im sicheren Schutz meiner kleinen Ecke starrte ich auf den kleinen Lichtkegel, den die Lampe auf den Brief warf. Ich seufzte. Ich vermisse dich so, hatte ich geschrieben. Aber das Leben hier war so anders. In dieser Welt war für Ahfid kein Platz.

Als der Brief fertig war, stand ich auf, um zur Toilette zu gehen. Unter der Wohnzimmertür sah ich einen Lichtstreifen. Leise drückte ich die Tür auf. Was ich dann sah, freute mich unheimlich.

Mama malte!

In diesem Moment wusste ich, dass alles in Ordnung kommen würde, für uns alle vier. Die Trennung hatte zwar einen Riß verursacht, aber der konnte wieder geleimt werden.

Endlich alles loswerden

»Ich habe Papa getroffen!« sagte Sam einige Tage später, als er aus der Schule kam.

Ich brauchte etwas Zeit, um die Nachricht zu verarbeiten.

»Was hast du gesagt?«

»Ich habe Papa gesehen.«

Ich ließ den Füller fallen und sah Sam entgeistert an.

»Auf der Straße?«

»Ja, vor zehn Minuten.«

»Wo?«

»Am Bahnhof.«

Was hatte Sam um Himels willen dort zu suchen? Ich wusste, dass mein Bruder nach der Schule gern mit seinen neuen Freunden in die Stadt ging, aber zum Bahnhof? Er hatte immerhin bereits Freunde gefunden, während ich …

»Was hat er gesagt?«

»Er hat mich umarmt. Und geweint.«

Wir starrten stillschweigend vor uns hin. Ein Glück, dass Benny es nicht gehört hat, dachte ich. Er fragte manchmal nach Vater, ohne die Entführung mit ihm in Zusammenhang zu bringen. Und was würde Mama sagen?

»Ihr habt nicht miteinander gesprochen?«

»Doch! Er hat gefragt, wie es uns geht. Oh, Nadia, er sieht schrecklich aus.«

»Ist er krank?«

»Nein, aber völlig heruntergekommen. Seine Kleider waren schmutzig, und er sieht so einsam aus.«

»Tja.«

»Sag jetzt bloß nicht, dass er das verdient hat.«

»Aber er hat doch versucht, uns zu entführen?«

»Versucht ist gut. Er hat uns entführt. Er hat mir gesagt, dass wir nicht hätten zurückkommen sollen.«

»Ja, das kann ich mir gut vorstellen«, sagte ich spöttisch und verschwand in die Küche, um mit dem Kochen anzufangen.

»Er tut mir richtig leid«, sagte Sam, der mir folgte. »Er hat mir seine Adresse gegeben und gefragt, ob wir ihn mal besuchen.«

»Nie im Leben! Er heckt natürlich wieder irgendeinen Plan aus, verstehst du das nicht, Sam?«

»So etwas sollst du nicht sagen, Nadia«, antwortete Sam böse und verließ die Küche.

Beim Kartoffelschälen dachte ich über Sams Worte nach. Sollten wir Mitleid mit Vater haben, nach allem, was er uns angetan hat?

Dann fiel mir die Schule ein, in der ich mich noch sehr fremd fühlte.

»Warum trägst du keine schwarzen Strümpfe, Läusekopf?« hatte mich ein riesiger Kerl spöttisch gefragt.

Alle schauten auf mich herunter und gingen mir aus dem Weg. In dieser dämlichen Schule gab es niemanden, mit dem ich sprechen konnte. Dabei hätte ich mich gern irgend jemandem anvertraut, um über die Entführung und die Spannungen zu Hause zu sprechen.

Früher hatte ich immer Freundinnen. Was war bloß passiert, fragte ich mich mit Tränen in den Augen. Ob die Mädchen spürten, dass ich anders war? Sie unterhielten sich über Kleider, Parties und Jungen. Banales Zeug eben, aber trotzdem wäre ich gern eine von ihnen gewesen.

Ich befürchtete, dass der Fehler bei mir lag. Dass ich sie unbewusst zurückstieß.

Wütend warf ich eine Kartoffel ins Wasser. Das Klatschen erinnerte mich an den Freitagnachmittag, eine Ewigkeit her, an dem ich mich in einer anderen Küche so geärgert hatte.

Hatte die Scheidung denn überhaupt nichts bewirkt? Doch, die Abende verliefen friedlicher. Wir durften länger aufbleiben. Wir besuchten sogar eine gemischte Schule. Unnötig gemeckert wurde auch nicht mehr.

Wir sprachen nicht mit Mama über Sams Begegnung mit Vater. Nach dem Essen sahen wir uns einen spannenden Cowboyfilm an und gingen dann schlafen. Alles verlief so friedlich, dass ich mich fragte, warum ich mich vorhin so geärgert hatte.

Wie jeden Abend genoss ich es, beim Licht der Schreibtischlampe im Bett zu lesen. Aber oft musste ich auch daran denken, wie es im Marokko gewesen war. Es waren meist qualvolle, schmerzhafte Erinnerungen, aber auch einige gute.

»Besuchst du bald Papa mit mir?« fragte Sam plötzlich neben meinem Bett.

»Och, ich weiß nicht ...«

»Er möchte dich sehen. Er besteht sogar darauf.«

»Ja, wahrscheinlich, um uns wieder von Mama wegzuholen.«

»Und er will eine Arbeit suchen. Er hat auch gefragt, ob wir in in den Ferien mit ihm nach Marokko gehen.«

»Was? Um nie mehr zurückzukommen wahrscheinlich?«

»Nur für die Ferien, hat er gesagt.«

»Du bist ganz schön naiv, Sam. Aber ich will jetzt nicht darüber sprechen. Ich muss es mir zuerst überlegen. Und ich finde, dass Mama es wissen sollte.«

»Du kannst ihn doch zuerst besuchen und es ihr danach sagen?«

»Ich muß es mir noch überlegen.«

Ich grübelte lange. So lange, dass ich einschlief, ohne eine Entscheidung getroffen zu haben.

Auf dem großen Schulhof standen die meisten Schüler in Gruppen zusammen, einige spielten. Eine Schule mit Jungen und Mädchen. Früher wäre das unvorstellbar gewesen. Ich sah, dass Sam sich lebhaft unterhielt.

Ich aber stand allein an der Mauer und fürchtete mich vor verletzenden Bemerkungen. Aber kein Mensch nahm Notiz von mir. Auch nicht Valerie mit den schönen, blonden Haaren, die ich eigentlich ganz sympathisch fand. Line war auch schon da. Allmählich kannte ich die Namen meiner neuen Mitschüler. Bart, der Spaßvogel, Rachid, der einzige Marokkaner.

In der ersten Stunde hatten wir Französisch. Ich hatte eine Heidenangt vor der Lehrerin. Wenn sie mich etwas fragte, blokkierte ich völlig. Irgendwie verunsicherte sie mich.

»Wer von euch war während der Ferien im Ausland? Es wäre schön, wenn der eine oder andere uns davon berichten würde.«

Ungefähr zehn Finger wurden gestreckt. Arletta erzählte von der Schweiz und war nach fünf Minuten fertig. Dann kam Wim dran, er war in Spanien gewesen. Ich hörte nur halb zu, weil es sich ziemlich langweilig anhörte.

Dann zeigte die Lehrerin auf mich.

»Und, Nadia Zerouali. Hast du auch eine Reise gemacht? Nach Marokko vielleicht?«

Da ich in der hintersten Bank saß, drehten sich alle um und sahen mich an. Spöttisch? Nein, ich glaube nicht. Eher neugierig. Zögernd stand ich auf und ging nach vorne.

»Ja, ich war während der Osterferien in Marokko. Mit meinem Vater und meinen beiden Brüdern.«

Dann erzählte ich, was wir dort alles durchgemacht hatten. Ich erzählte von der Entführung, von der Flucht, von unseren Ängsten und Hoffnungen, von der Hochzeit und vom Schaffest. Ich erzählte, bis sich der Krampf in meinem Magen endlich löste. Es war mucksmäuschenstill im Klassenzimmer. Aber das fiel mir zunächst nicht auf. Ich erzählte, bis mein Hals völlig ausgetrocknet war. Dann sagte ich: »Das Leben im Land meines Vaters ist so anders als hier.«

Jetzt erst spürte ich, dass mir die Tränen über die Wangen liefen und lächelte verlegen.

Eine Weile noch blieb es still. Dann passierte etwas, was ich mein Leben lang nicht vergessen werde. Alle Schüler fingen an zu klatschen. Die Lehrerin kam auf mich zu und legte mir eine Hand auf die Schulter. »Gut, dass du uns deine Geschichte erzählt hast, Nadia.«

Benommen ging ich wieder zu meinem Platz zurück, aber ich wusste, dass man mich nicht mehr auschließen würde. Weil ich mein Innerstes bloßgelegt hatte, weil ich die Ketten, die mich fesselten, selbst zerbrochen hatte.

Ich würde aufschreiben, wie es dort ist und warum es so ist, damit alle es lesen und verstehen konnten.

Und danach würde ich mit Sam zu Papa gehen, um offen mit ihm zu reden.

R. H. Schoemans

Dealerjagd

Aus dem Niederländischen von Griet Hellinckx
150 Seiten, gebunden

Der vierzehnjährige Jan Mertens stürzt tödlich von einer Treppe auf dem Schulgelände. Ärzte und Polizei halten es für einen Unfall. Doch gibt es da einen Mathematiklehrer und ein Gruppe von Schülern, die Selim die Schuld an Jans Tod in die Schuhe schieben wollen, weil er ein Türke ist.
Selim und seine Schulfreundin Sanne sind empört. Sie wissen warum Jan verunglückte: Jan hatte Drogen genommen und war high, als er die Treppe hinunterstürzte. Doch wer hat ihm die Drogen gegeben?
Die Polizei stellt Nachforschungen an, doch Sanne geht der Sache auf ihre Weise nach und kommt einer Bande auf die Spur, die vor nichts zurückschreckt. Dealer und Skinheads drohen ihr und Selim, und schließlich kommt es sogar zu schweren Übergriffen. Doch Sanne und Selim geben nicht auf. Denn es geht auch darum, die Hintermänner jener ausländerfeindlichen Bande zu entlarven. Was sie schließlich herausfinden, lässt die Polizei staunen.

URACHHAUS

Tineke Hendriks

Das Haus mit dem blauen Dach

Aus dem Niederländischen von Julia Cremer
198 Seiten, gebunden

Die meisten Menschen halten Jinta zunächst für eine Chinesin oder Japanerin.
Als sich Richard, der Freund ihres Bruders, für sie interessiert, wird Jinta unsicher. Es ist nicht zu übersehen: sie sieht tatsächlich ganz anders aus als all die anderen Mädchen, und sie fühlt sich auch anders, nämlich fremd.
Richard hat einen Stein ins Rollen gebracht: Jinta muss wissen, wer sie ist und woher sie kommt. Sie macht sich auf den schwierigen Weg, ihre leibliche Mutter zu finden. Wer ist diese Frau, die sie vor vielen Jahren in Südkorea im Haus mit dem blauen Dach zur Adoption freigegeben hat? Warum tat sie das? Und wie wird Junta ihr jetzt begegnen?

Tineke Hendriks

Jan mit dem gelben Stern

Aus dem Niederländischen von Marianne Holberg
232 Seiten, gebunden

Holland, Anfang der vierziger Jahre. Das Land ist von den Deutschen besetzt, und der Krieg rückt immer näher. Emma, die zusammen mit ihrem Vater und zwei jüngeren Brüdern auf einem kleinen Bauernhof wohnt, steht plötzlich einem völlig abgemagerten jüdischen Jungen gegenüber, der sie anfleht, ihn zu verstecken. Das Mädchen steht vor einem Dilemma: wer Juden versteckt, riskiert sein eigenes Leben; und sie möchte ihren Vater und die Geschwister nicht in Gefahr bringen. Aber sie kann den Jungen doch nicht einfach wieder wegschicken und dadurch seinen Häschern ausliefern?
Eine authentische, sensibel erzählte Geschichte aus der Zeit Anne Franks.

URACHHAUS